熱血人情高利貸
イングリ

山口恵以子

ハルキ文庫

角川春樹事務所

目次

熱血人情高利貸

イングリ

第一章　一億円を取り返せ！

とにかくデカイ女だった。ハイヒールを履いていないのに、身長一七三センチの俺と向き合って、目の高さが上にあるのだから恐ろしい。古風な言い方をすれば、雲つくような大女だ。

その大女は、ただデカイだけではない。手足が長くて顔が小さいところはスーパーモデル風だが、肩幅の広い骨格には全身に格闘家並みの筋肉がついていて、まさに筋骨隆々なのだ。夏物のパンツスーツを着ているから、実際に見たわけではないが、俺は職業柄、服の上からでもおよその体型が分かる。一目見て、やばいと思った。

「ようこそ。どうぞ、お掛けください」

大女はその体格にふさわしい、低くてよく通る声で向かいのソファをすすめた。顔は笑っているが、目は笑っていない。

俺は本当は帰りたかったが、初めての客だし、オーナーからは金払いの良い上客だから大事にするようにと言われたので、よんどころなく営業スマイルを貼《は》りつけたまま、腰を下ろした。

ちなみに、ここは都庁の向かいにある某高級ホテルの続き部屋《スィート》、応接室の方。時間は午後二時。真っ昼間だ。

「中村希《なかむらのぞみ》さんですね？」

大女は、いきなり俺の本名を呼んだ。客には「秀《しゅう》」という源氏名で通しているので、びっくりして顔が素に戻ってしまった。

大女は見る者を石に変えてしまうような目で、じっと俺を見据えた。

「桐畑敦子《きりはたあつこ》の行方を捜しています。あなた、心当たりはありませんか？」

桐畑敦子なんて、聞いたこともない。

大女……年は四十ちょっとだと思う。彼女の名誉のために言っておくと、顔は決して悪くない。彫りの深い、印象的な顔立ちで、「和製イングリッド・バーグマン」と言えないこともない。しかし、とてもじゃないが「きみの瞳《ひとみ》に乾杯」なんてタマじゃない。バーボン片手にラッパ飲み……って感じだ。とりあえず、この女のことは「イングリ」と呼んでおこう。

　イングリは脇に置いたショルダー・バッグから写真を取り出すと、俺に見えるように机の上に置いた。五十歳くらいの丸顔の女が写っている。その顔には見覚えがあった。文子《ふみこ》と名乗った客で、二ヶ月前に初めて指名をもらってから、週一の割で指名を掛けてくれる上客だった。

「これが桐畑敦子よ。見覚えあるわね？」

　上から目線の物言いには慣れっこになっているはずなのに、素に戻ってしまったせいか、カチンときた。

「あなたに答える義務はないと思うけど」

「彼女があなたに貢いだ金は、うちの会社から持ち出したものなの。つまり、あたしの金よ」

「それは僕には関係のない話です」

「それが大ありなんだよ、小僧。タイムリミットは三日。それまでに金が戻ってこなかったら、彼女は業務上横領容疑で逮捕される。あんたは共犯」

「いい加減にしろ！」

　俺は完全にブチ切れて立ち上がった。

「さっきから聞いてりゃ、何だよ、勝手なことばかり言いやがって！　確かに写真の女は知ってるよ。お客さんだよ。指名で呼ばれてホテルでやったよ。それが何だ⁉　客の金が誰の金かなんて、俺の知ったことか！」

大股《おおまた》でドアの方に歩き、ノブに右手を掛けた時、イングリが左手首をつかんだ。振り離そうとすると逆を取られ、そのまま半回転して床に投げ出された。イングリは俺の背中を膝《ひざ》で押さえつけ、左手をぎりぎりねじ上げた。まるで万力《まんりき》だ。腕がちぎれる……！

二歳上の姉は学生時代、女子柔道七十キロ級で世界選手権五連覇を成し遂げた天才アスリートだった。子供の頃から練習台にされて、死ぬような目に遭わされてきたので、俺は女の腕力を侮るつもりはまったくない。小技を効かせてネチネチ責めてくるところとか、男よりいやらしいと思っている。イングリは姉より首一つ分デカイから、危険度はさらに高い。だからすぐ情けない声を上げて、ギブアップした。

「希君、落ち着いて、ゆっくり話し合おうよ。悪いようにはしないからさ」

イングリは俺をソファに掛けさせると、机の上に尻《しり》を乗せ、少し前屈みになって俺を見下ろした。

「何で俺が疑われなくちゃいけないんですか？　文子さん……この桐畑さんって人は、確かに良いお客さんだったけど、ただのお客さんです。個人的に会ったことはないし、勿論《もちろん》、貢いでもらったことなんか絶対ないです」

「でも、チップはもらったよね？」

「二万、三万、って単位ですよ。普通、それって、貢いだって言わないでしょ？」

イングリは肯定も否定もせず、探るような目で俺を見ている。

「もし会社の金を横領して男に貢いでたって言うなら、ホストクラブ当たった方がいいんじゃないですか? デリヘルはソープとおんなじで、設定料金決まってるし、明朗会計だから、貢ぐ余地ないですよ」

それも一理あると思っている様子が見て取れたので、俺は図に乗った。

「大体、部下に金持ち逃げされたのは、あんたの監督不行届でしょ。飼い犬に手ェ噛《か》まれたからって、こっちに尻持ち込むなよ」

いきなり、張り手が炸裂《さくれつ》した。目から火花が飛び、視界が二重にぶれて、脳震盪《のうしんとう》を起こし掛けた。俺はまたしても泣きそうな声を出した。

「暴力はよせ〜」

「今のはただのお仕置き。試しにホントの暴力、振るってやろうか?」

俺はソファの中でより一層縮こまった。

「顔、ぶつなよ、かお〜」

イングリはにんまり笑って、ぐっと顔を近づけた。

「大事な商売道具が原形留《とど》めてる間に、正直に全部話しな」

「ホント、嘘なんかついてないですよ。いったい、何話せばいいんですか?」

「全部。一切合切。一つ残らず。細大漏らさず」

「すみません、もうちょっと的を絞ってもらえませんか？　別に、好きな体位とか知りたいわけじゃないんでしょ？」

「……確かに」

イングリは目だけで周囲を見回してから、俺の顔に焦点を合わせた。

「桐畑敦子は勤続二十年のベテラン社員で、真面目《まじめ》が洋服着たような性格でね。金と一緒に金庫の中に入れといても、絶対に間違いを犯さない人間だと思っていた。それが……」

イングリは個人で金融会社を経営している。親の代から金貸しだそうだ。

昨日、長いつき合いの取引先から大口融資の依頼があり、早速現金一億円を用意して金庫に保管した。イングリの会社では、そういう大口取引は珍しくないという。……怪しい。ひょっとして、闇金《やみきん》だろうか？

「……終業後、あたしは高校時代の同級生の店で飲んでた。当時はあたしの舎弟だったけど、今は妹分《いもうとぶん》になってしまったあんたのクラブのオーナーの店よ」

オーナーはおかまバーを経営する裏で、会員制のデリヘルも営業している。本人の人生を象徴するように、女性用と男性用の両方があり、俺は女性用クラブでバイトしているのだ。ご存じとは思うけど、デリヘルというのはデリバリー・ヘルスの略で、出張風俗店のことだ。

「で、彼女がふと漏らしたのよ。最近、クラブに登録したお客が、うちの社員の桐畑じゃないかって」

イングリは社員たちをオーナーの店に連れていったりするので、オーナーは桐畑敦子を知っていた。一方の敦子は、オーナーの裏の仕事を知らなかった。だから、うちのクラブに登録したのだろう。

オーナーは、イングリの会社の社員がデリヘルにはまって、間違いでも起こしたら大変だと心配になり、ご注進に及んだという。

「それを聞いた途端、あたしは胸騒ぎを感じた。桐畑は真面目の上にクソがつくほど固い女で、男遊びなんておよそ柄じゃなかった。そういう人間が何かの拍子に道を踏み外すと、一気に最後まで突っ走る例は枚挙にいとまがない。すぐに会社に取って返し、金庫を開けてみると……案の定、中の一億円が消えていた」

敦子の携帯を呼び出したが電源が切られていた。自宅の電話も留守電だった。念のためにマンションにも行ってみたが、すでにもぬけの殻《から》だったという。

「もぬけの殻って……他人の家に無断で入ったんですか？」

「緊急事態だからね。止《や》むを得ない」

イングリは当然のように言い放った。

「どう考えても、桐畑が一人でこんな大それたことをするはずがない。男に騙《だま》されて、唆《そそのか》されたに違いない。と言うわけで、桐畑を愛欲で狂わせた野郎に会って、話をつけようと思ったわけさ」

「やめてくださいよ。さっきから何度も言ってるでしょ、俺は関係ないですから。人違いですって」

「そうなんだよねえ。あんたに会って、あたしもそんな気がしてきた。……見るからに頭悪そうだもんね」


敦子はふっくらした丸顔で、笑うと糸のように細くなってしまう目をしていた。初めて見た時は、上品で優しそうな印象だった。実際、上品で優しい女だった。横柄な態度は取らないし、無理難題も言わない。そして、帰り際には必ずチップをくれた。

本当は、ホテルに行ったのは二回だけだった。後は食事をご馳走《ちそう》になっただけで、手も握らずに別れた。一度なんかは、俺が観《み》たいと思っていた劇団の公演チケットを二枚くれて、お友達と行ってらっしゃいと言って、そのまま帰っていった。三分も一緒にいなかったのに、そんな時でも、規定料金以外にチップをくれた。こんな客ばかりだったら、この仕事は天国だ。

業務上、一応はホテルに行かなくてもいいのかと聞くと、敦子はいつも「秀君と一緒にいるだけで楽しいからいいの」と言った。そして、俺の話を熱心に聞きたがった。敦子も演劇が好きで色々な舞台を観ていたこともあり、年齢差を越えて話は合った。それに、とても聞き上手だった。だから俺はつい、プライベートなことまでしゃべってしまったが、敦子は糸のように目を細めて、「まあ、秀君って面白いわねえ」とか「ホントにそんなことがあったの？」とか、「そんな体験が出来るなんて、秀君が羨《うらや》ましい」とか、楽しそうに相槌を打った。

よく考えれば、デリヘルを呼んで手も握らないなんて、まるで金をどぶに捨てるようなものだが、俺は楽して稼ぎになるので、何も考えずにラッキーと思っていた。あんな遣い方をしたのは、近い将来会社から大金をくすねる予定だったからなのか？

だが、敦子のことを思い出すと、どうしても会社の金庫から一億円盗んでトンズラするような女とは思えない。デリヘルのバイトを始めて二年弱。もはや女には何の幻想も抱いていないが、それでも違和感がある。

「それって、本当に文子さん……桐畑って人がやったんですか？」

イングリは眉間《みけん》にしわを寄せて、考え込む顔になった。

「消去法でいくと、他には考えられないんだよね……。金庫のダイヤル・ナンバー知ってるのはあたし以外に彼女だけだし、合い鍵《かぎ》作るチャンスがあるのも、彼女だけ……」

「何か、キャラが違うような気がするんですけど」

「言われなくても痛感してるよ。ただ、人間、色に狂うとキャラにもないことやるからね」

イングリは独り言のように言うと、またしても俺をじろりと睨《にら》んだ。

「とりあえず、狂った相手は別にいるらしい。心当たり、ある？」

「ないです」

イングリはショルダー・バッグから長財布を出すと、一万円札を抜き取り、見事な手つきで扇のように広げ、俺の顔の前にかざした。

「十万ある」

さっと扇を閉じると、その束を俺の膝の上に置いた。

「これから三日間、協力して。金が戻ってきたら、その時はもう十万払う」

「協力って？」

「桐畑敦子を捜して、金を取り戻す」

「でも、俺、役に立たないですよ。プライベートなんか、何にも知らないし」

「彼女が、あんたに接触してくる可能性がある」

「まさか⁉　あのう、言っときますけど、あの人、別に色情狂とか、変態性欲とかじゃないですよ。金持ってズラかってる最中に、デリヘル呼んだりしないと思うけど」

それに、イングリの話では、敦子には本命の男がいるという。本命と一緒にいるなら、俺にお呼びがかかるわけがない。

「だからさ。本命がいるにもかかわらず、わざわざ安くはない金を使って、毎週あんたを指名していた。そこには、あんたでなくてはならない理由が、あったんだと思う」

「そりゃ、やっぱセックスでしょ」

また張り手が飛んでくるかと思ったが、イングリは深刻な顔のまま立ち上がり、部屋の中をゆっくりと歩きながら言った。

「あたしは、金さえ戻ってくればそれでいい。桐畑を犯罪者にはしたくない。今回の件は不問に付して、円満に退職させるつもりでいる。だけど、相手は三日しか待ってくれない。それを過ぎたら表沙汰《おもてざた》にしないわけにはいかない」

俺はまたしても敦子のことを思い出した。何かの折りに、劇団未来座《みらいざ》の研究生から団員へ昇格出来なかったことを愚痴ると、敦子は目を糸のように細くして微笑《ほほえ》んで「秀君、それは才能がないわけじゃないわ。テイストの違いよ」と言って、励ましてくれた。何はともあれ、敦子は良い客だったし、優しい人だった。やはり、ここは一肌脱ぐべきだろう。

この先もイングリと顔を合わせなきゃならないのは憂鬱だったが、三日で十万、うまくすると二十万というのは、悪い話じゃない。

俺もソファから立ち上がり、イングリの前に進み出た。

「分かりました。協力させていただきます」

「ありがとう。助かるわ」

イングリは初めて殊勝な口をきいた。

「あのー、ところで社長のお名前は？」

「これは失礼。渚《なぎさ》金融の海堂《かいどう》です。オーシャンの海に威風堂々《いふうどうどう》の堂」

「海堂さんのファースト・ネームは？」

答える代わりに、イングリはジロッと睨んだ。その目は口ほどに「あたしをファースト・ネームで呼ぼうなんて、百年早いんだよ、小僧」と言っていた。

ああ、そうかい、悪かったな。そんじゃ、俺もお前のことは、これから先もイングリと呼んでやるぜ。口には出さないけど……。


イングリの読みは、ずばり的中した。ホテルのロビーに下りた途端、俺の業務用携帯が鳴った。取り出してサブ・ディスプレイを見ると「文子」の表示が出ている。

「普通に会話して、これから会う約束をして。だめなら、居場所を聞き出して」

イングリの指示に頷《うなず》いてから携帯を開き、耳に当てた。

「もしもし、秀君？」

「こんにちは、文子さん。元気？　そろそろ電話くれるかなって思ってたんだ」

「ホント？　私もそろそろ秀君に会いたいなって思ってたとこ」

敦子はいつもとまったく変わらない、おっとりした口調で話した。その声を聞いていると、会社から一億円持ち出して逃亡中だなんて、信じられない。

携帯を切って、イングリに報告した。

「ちょっと頼みたいことがあるので、これから東十条のウイークリー・マンションに来て欲しいって」

「よし」

駐車場に下りて、イングリの車に乗り込んだ。真っ赤なポルシェで、二人乗りのスポーツ・タイプ。いかにもって感じだ。

運転中も、イングリの携帯には次々と電話がかかってくる。敦子の行方を捜させている人間と、指示を仰ぐ部下からの連絡。イングリは黙って報告を聞き、手短に指示を出した。

やり手の高利貸し。鬼より怖い。敵に回したらこの世に居場所はないな……なんて考えていると、突然イングリはこっちを振り向いた。

「希、桐畑とはいつも、どこで会うの？」

いきなり呼び捨てかよ……と思ったが、怖いので素直に答える。

「ホテルとか、レストランとか、喫茶店。一度、駅で待ち合わせたことがあるけど」

「ふうん。どうして今日に限って、ウイークリー・マンションなんだろう？」

「さあ？　そこが潜伏先だからじゃないですか」

「まあ、普通に考えりゃ、そうだよね」

件《くだん》のマンションはオートロック式ではなかったので、玄関ホールからすぐエレベーターに乗り、六階に上がった。角の一号室の前に立ち、ドアホンを押す。イングリは一歩下がって、開いたドアの陰になるように、壁にくっついた。

「こんにちは、文子さん。秀です」

声を掛けたが返事がない。何度もドアホンを押すが、まるで無反応。呼び出しておいて、留守なのだろうか？

イングリはどけと言うように手を払い、ドアの前に立つと、ショルダー・バッグから先の曲がった針金のようなものを二本、取り出した。これは不法侵入ツールの一つで、今はネットでも買える。ホント、恐ろしい世の中だ。

「ちょ、ちょっと、まずいっすよ」

だが、イングリはお構いなしに廊下に片膝を突き、針金を鍵穴に突っ込んだ。一分もからず、鍵が開いた。

イングリはずかずか部屋に入っていった。俺も、恐る恐る後に続いた。

部屋は無人だった。１Ｋというやつで、隠れる場所はない。イングリはトイレ、クローゼット、ベッドの下などをチェックして、金がないのを確認すると、軽く舌打ちをした。

「希、桐畑に電話して」

携帯の短縮ボタンを押すが、電源を切っているか電波の届かないところに……というアナウンスが流れるばかりだ。

インゲリはクローゼットの抽出《ひきだ》しとか、台所の戸棚とか、トイレの貯水タンクの中とか、人がものを隠しそうなところを片っ端から調べたが、何も出てこない。眉間にマリアナ海溝のような深いしわを寄せ、イライラした様子で部屋の中を見回した。

「急用で、出掛けたんですかね？」

「……そんなら、あんたに電話くらいしそうなものだけど」

と、何やら思いついたらしく、いきなり言った。

「希、今から三十分、あんた、あたしの息子だから」

そして、一階の管理人室のドアを叩いた。

「お願いです、助けてください！　主人が、不倫相手と心中するという書き置きを残して、失踪《しっそう》したんです。さっき、主人によく似た人がこのマンションに入るのを見たと、知り合いが連絡をくれました。どうか、今現在お住まいの方の賃貸契約書を見せてください。たとえ偽名を使っていても、主人の筆跡なら分かります！」

イングリはびっくりして目を白黒させている管理人に、口をはさむ暇を与えず、一気にまくし立てた。そして、素早くその手に数枚の一万円札を握らせると、俺の方を振り向いた。

「希、あんたからもお願いして。お父さんが生きるか死ぬかの瀬戸際なのよ」

お願いです、デカくて大味で粗マンの母ですが、父を愛してるんです……と言ってやりたかったが、怖いので行儀良く「お願いします、父を助けてください」と言っておいた。

「……本当はいけないんですが、ご事情がご事情なので、特別ですよ」

管理人は賃貸契約書のファイルを出してきた。

イングリは素早く書面を繰り、六〇一号室の契約者名を探した。そこには、ひどく汚い字で「藤崎春馬《ふじさきはるま》」と署名されていた。

それを目にするやいなや、イングリは携帯を取り出して写メを撮ると、ぺこりと頭を下げて部屋を出てしまった。俺は啞然《あぜん》としている管理人に礼を言って頭を下げ、あわてて後を追った。

イングリは携帯で通話しながらポルシェのドアを開け、運転席に座った。

「名前は藤崎春馬。今、詳しいデータを送るから、桐畑との関係を調べて」

俺もあわてて助手席に滑り込んだ。

「お母さん」

「産んでない」

「海堂さん、写メ、見せてもらえませんか？」

イングリは俺に携帯を渡すと、エンジンを掛けた。

「藤崎春馬。一九八六年生まれ……俺と同い年だ。現住所…東京都江東区西亀戸六―三―三―一〇二。これ、誰ですかね？　どうしてこいつの借りた部屋に、文子さんがいたんでしょうね？」

インゲリは何か考えごとをしているのか、まったくの無言。

「どこ行くんすか？」

「桐畑のマンション」

「だって、昨夜もう行ったんでしょ？」

「……何だか、いやな予感がする」

インゲリの眉間のしわが、浅くなる気配はまるでなかった。

桐畑敦子のマンションは大久保にあった。十階建ての中古マンションで、オートロック式ではなかったから、直接部屋に行くことが出来た。

インゲリの顔はますます険しくなった。不法侵入の道具を使うまでもなく、ドアが開いたからだ。

「だって、昨夜開けたんでしょ？」

「違う。あたしはちゃんと施錠して帰った」

部屋の中はけっこう荒らされていて、戸棚の扉は開けっ放し、箪笥《たんす》の抽出しは抜いたままで、衣類が床に落ちていたりする。絨毯《じゅうたん》に革靴らしい足跡がついていた。

「海堂さん、土足で上がって、こんなことしちゃったわけ？」

インゲリは首を振った。

「これは別人の仕業」

そう言うと床にしゃがみ込み、下を向いて両手で探るように絨毯をなでた。

「何、探してるんですか？」

「……分からない」

しかし、イングリは四つん這《ば》いになり、部屋の中を動き始めた。俺は「それって女豹《めひょう》ポーズですか？」と言いそうになり、あわてて言葉を引っ込めた。

イングリは床に落ちた衣類の下から、金色のバッジのようなものを拾い上げ、目に近づけてじっと見た。

「行こう」

すっくと立ち上がると、何の説明もせずに部屋を出た。全身からぴりぴりとした緊張感が伝わってきて、俺も黙って助手席に乗り込んだ。

イングリは車をスタートさせると、携帯を取り出して耳に当てた。

「ああ、片山《かたやま》？　渚金融の海堂です。重大事件の目撃情報。大文字《だいもんじ》組の事務所に一般市民の男女が拉致《らち》されました。生命の危険があります。すぐガサ入れてくださいよ。……ホントよ、見たんだから。あ、それから、今事務所に踏み込むと、おまけがいっぱいついてくるよ。……そんなこと、知りません。とにかく、一刻も早く。お願いね」

通話が終わると、イングリは携帯をポケットにしまい、アクセルを踏み込んだ。ポルシエが加速して、俺は怖くなってきた。

「今の、誰ですか？」

「片山圭介《けいすけ》。新宿署のマル暴の刑事」

「高校の時の舎弟ですか？」

「残念でした。中学の時の舎弟」

「ねえ、ひょっとして、大文字組の事務所に殴り込み掛けようって思ってます？」

「希ちゃん、頭悪そうに見えるけど、冴えてるねえ」

俺は急に胃が痛くなった。

「すいません、胃が痛いんで、ここで降ろしてください」

「遠慮しなくていいよ。用事が済んだら、医者に連れてってあげる」

「あの、ホント、ここでけっこうですから」

「あれだ！」

車はすでに歌舞伎町《かぶきちよう》に入っていた。二丁目のバッティング・センター近くのビルの前に、黒いワンボックス・カーが停まっていて、事務所から出てきた男が二人、運転席に乗り込もうとしていた。

イングリは行く手を塞ぐように車を停めると、座席の足下から三十センチくらいの金属の棒を取り出し、上着の裾をめくってベルトの後ろに差し込みながら、車を降りた。

二人の男が険悪な形相で近づいてくる。

「おい、邪魔だ！　車をどけろ！」

二人ともイングリより五センチほど背丈は低いが、その分横に広がっている。それに、何しろ二人だし、男だし、やくざだ。イングリは分が悪い。

「すみません、ボックス・シートを見せていただけませんか。知り合いが乗っていると思いますので」

「あんだあ？」

胸ぐらをつかもうと思ったのか、一人が一歩前へ出た瞬間、イングリは背中の金属棒を抜き出し、鳩尾《みぞおち》を突いた。男はあっけなく膝から崩れ、その場に突っ伏した。殴りかかってきたもう一人の男も、簡単に身をかわされてたたらを踏み、背後から延髄《えんずい》の辺りを棒で一撃されて悶絶《もんぜつ》した。

後で聞いたが、これは九鬼神《くきしん》流半棒術の技だそうだ。

イングリは後部座席のドアを開いた。中に、男女が寝かされていた。一人は桐畑敦子で、もう一人は二十代半ばくらいの男だった。死んでいるのかと思ってぞっとしたが、イングリは二人の首筋に触れると、急いで助手席の窓ガラスを叩いた。

「すぐに救急車を呼んで。それから、あんたはこの車で新宿署に駆け込みなさい」

「イングリ……いや、海堂さんは？」

「決まってるでしょ。金を取り返す」

イングリは車から離れると、例の金属棒の根本を回し、内側から同じくらいの棒を抜き出した。その二本を根本のねじで固定すると、棒の長さが倍になった。

事務所から十人くらいの男たちが飛び出し、半円を描いてイングリの前を塞ぐように立ちはだかった。今度こそ、ホントにやばい。

最後に、五十代半ばくらいの男がゆっくりと現れて、イングリの正面に立った。多分組長なんだろうけど、グレーの背広に紺のレジメンタルのタイ、フレームのない眼鏡を掛けた姿は、あんまりやくざという感じがしない。

「どういうつもりだ、渚金融？　お前のとこに借金はないぞ」

背広の男が前へ進み出て言った。イングリの方が背が高いので、見上げる格好になる。見下ろすイングリは、臨戦態勢を崩さない。

「大文字さん、もうすぐ新宿署の片山が部下を引き連れてガサ入れに来ますよ。その前に、厄介ごとは片づけといた方が、お互いのためじゃありませんか」

イングリは正面を向いたまま、片手を上げてワンボックス・カーを示した。

「うちは騒ぎを起こして、ことを荒立てるつもりはありません。金さえ戻ってくれば、この二人を警察に引き渡す気はないし、お宅のやったことにも目をつぶります。算盤《そろばん》弾くまでもないでしょう。ここは一つ、お互い痛み分けと言うことで、幕引いちゃいかがです？」

大文字という男は逡巡《しゅんじゅん》している様子だった。

「立ち話も何ですから、中で相談しません？」

大文字は忌々しげに舌打ちし、事務所の方へ顎をしゃくった。二人は事務所へ入り、男たちもぞろぞろと後に続いた。

俺はどうしたものか迷いながら、ポルシェの助手席から運転席に移動した。何かあったら、この車を運転して逃げ出そう。ポルシェなら追いつかれる心配はない。そう思って待っていると、救急車のサイレンが聞こえてきた。胃のしこりが取れるくらい、ホッとした。

救急車は二台来た。

「すみません、こっちです！」

俺は車から降り、ワンボックス・カーの横に立って中を指さした。救急隊員が車両の後部から飛び出し、手際よく敦子と若い男を搬送にかかった。俺は隊長らしき人からあれこれ聞かれたが、何が何やらさっぱり分からないので、答えにならない。

そうこうするうちに、イングリが事務所から出てきた。黒いスポーツ・バッグを肩に掛けている。ずっしり重そうだ。

「すみません。二人はうちの従業員です。事情はよく分からないんですが、睡眠薬を規定量の倍くらい飲んでいます。病院へは私が同行しますので……」

イングリは救急隊長に告げると、今度は俺に顔を向けた。

「希、色々ありがとう。約束のものを払うから、明日の午後、うちの事務所にいらっしゃい。場所は、亮太《りょうた》……お宅のオーナーが知ってるから」

それだけ言うと、さっさとポルシェに乗り込んだ。救急車とポルシェが走り出したちょうどその時、今度は警察の車が到着した。

その後、片山刑事と大文字組長の間でどんなやりとりがあったかは知らないが、思いがけず、ド派手な衣装と白塗りメークで年齢も性別も超越したオーナーの本名が亮太だと知って、得した気分だった。

「藤崎春馬は桐畑敦子の息子だった。二十三年前に離婚した時、夫の実家に取り上げられて生き別れになったらしい。桐畑はずっと息子のことが忘れられなかった。だから、ある日突然、ポーカー賭博その他で借金まみれになった息子が現れて助けを求められた時、たとえ法を犯してでも、息子を助けようと決意した……というわけ」

翌日の午後、西新宿にある渚金融を訪ねた。オフィスビルの三階にある、何の変哲もない普通の事務所で、デスクが五台並んだ部屋の奥に応接コーナーがある。そこに通され、革張りのソファに座って待っていると、イングリがコーヒー・メーカーで淹《い》れたコーヒーの紙コップを持って入ってきて、約束の十万を支払い、ついでに事件の顛末《てんまつ》を聞かせてくれた。

「母親が現れて息子の莫大《ばくだい》な借金をすっかり清算したんで、大文字は野心を起こした。二人を母子心中に見せ掛けて殺し、一億円そっくり横取りしよう、と」

「……こわ」

「何しろ盗んだ金だから、ことが発覚して騒ぎになれば、警察が動き出す。桐畑が大文字に支払った金も、取り上げられる可能性がある。元が違法賭博の借金だから、法律的には払う義務のない金だしね」

二人を事務所に拉致して睡眠薬で眠らせ、どこかの山の中に運んで、車の中で練炭を焚《た》いて殺すつもりだったに違いない……とイングリは言った。

「ねえ、海堂さん、俺、よく分かんないんですけど、桐畑さんはどうして毎週俺を指名してたんですか？」

「あんたが息子と似てたからでしょ」

「生き別れになった息子と似てる男と、セックスしたいですか？」

「毛髪、体毛、体液……普通じゃ、なかなか手に入りにくいからね」

「はあ？」

「調べて分かったんだけど、桐畑は去年、息子に総額で三億円近い保険を掛けたんだってさ」

「はあ？」

イングリは気の毒そうな顔で俺を見た。

「希ちゃん、血液型ABなんだって?」

「オーナーに聞いたんですか?」

クラブには身長・体重の他に、簡単なプロフィールと血液型も登録してあるのだ。

「桐畑の息子もAB型なんだよね」

「はあ?」

「これはあたしの想像でしかないけど、桐畑は息子を別人に仕立てて、人生やり直しさせるつもりだったんじゃないかと思う。あの息子はどうしようもないバカ息子で、他にも借金が色々あって、今じゃ臓器を売り払っても追っつかないとこまで来てたんだって」

「あのう、全然話が見えないんすけど」

「都内のウイークリー・マンションで、一週間の契約期間が過ぎて、管理人が部屋に入ると、ベッドの上に死後一週間ほど経過した若い男の死体がある。今の季節で死後一週間は、かなりきついよ。傍らには、遺書と連絡先を記した書き置きが……。管理人は警察に通報し、警察は連絡先に電話する。駆けつけた母親は、確かに息子ですと証言して、よよと泣き崩れる……。事件性なしと判断されればこれでおしまいだけど、DNA鑑定に備えて、毛髪のついたブラシとか、洗濯する前の汚れた下着とかを用意しておけば、完璧《かんぺき》。死体は桐畑敦子の息子、藤崎春馬と断定される。契約期間一年を過ぎているから、桐畑には莫大な保険金が支払われる。話、分かる？」

「つまり、その、ウイークリー・マンションで発見された若い男の死体というのが、僕ですか？」

「そう」

「うそっ！」

俺は背筋が寒くなった。優しく上品だった敦子。手も握らないのに気前良くチップをくれた敦子。目を糸のように細くして、俺の話を楽しげに聞いていた敦子。それが、俺を殺して息子とすり替えるつもりだったなんて……。

やはり、女は恐ろしい。金輪際、信用しちゃいけない。

「こんなこと言っといて何だけど、桐畑のことを悪く思わないでやってよ。彼女、本来は悪人じゃないんだ。あんなバカ息子が現れたから、と言うか、あんなバカにしたのは自分が離婚したせいだと思って責任感じちゃったから、守るべき一線を越えてしまったんだと思う」

イングリは柄にもなく、優しい顔で言った。

「そんじゃ、どうもありがとうございました」

臨時収入の礼を言って立ち上がろうとした時だった。

「あんた、演劇は辞めちゃったの？」

「オーナーに聞いたんですか？」

「うん。未来座の研究生だったんでしょ。大したもんじゃない」

「でも、団員になれなかったし。同期で上がれたのは、二人しかいなくて……」

「そりゃ才能がないんじゃなくて、テイストの違いなんじゃない？」

　イングリが敦子と同じことを言うので、驚いた。

「若い頃芽が出なくて、中年過ぎからブレイクした役者なんて、大勢いるよ。人生色々だよ。諦めないで続ければ？」

「海堂さんって、説教垂れると、いきなり普通のおばさんになりますね」

　張り手が飛んでこないうちに急いで退散しようとしたが、一瞬遅く、イングリの手に襟首をつかまれた。俺は魚屋の親父にとっつかまった野良猫みたいにジタバタしたが、とても歯の立つ相手じゃない。

「ちょっと優しくしたからって、つけ上がるんじゃないよ」

「放せよ！　これでもう貸し借りなしだぞ！　俺とあんたは対等だ！」

「何をエラそーに」

「エラそーなのはどっちだよ？　金貸しのくせに、デカイ面《つら》すんな！」

　イングリは今度は胸ぐらをつかんでぐっと引き寄せた。俺は少しつま先立ちになって、イングリを正面から睨みつけた。イングリは凄みのある笑顔を見せ、俺は小便をチビりそうになった。

「後学のために教えといてやるよ、小僧。あたしとあんたは対等じゃない。何故《なぜ》なら、金貸しと売春男は対等じゃないからさ」

「そりゃそうだ。俺は人に喜ばれる職業、あんたは人に嫌われる職業だもんな」

イングリは呆《あき》れたように片方の眉毛を吊り上げた。

「ホント頭悪いねえ。金貸しは立派な職業だけど、売春は稼業であって、職業とは言わないんだよ。職業別電話帳に同業者が載ってるかい？」

俺は一瞬頭の中で、あれ、そうだったっけ……と考えてしまった。

「職業別電話帳に載せられないような仕事してるから、身代わり殺人のターゲットにされるんだよ」

イングリは手を放し、俺はよろめいて二、三歩、後ろに下がった。

「これからは心を入れ替えて、せいぜい長生きするこった。……ま、どうせデリヘルで客がつくのも、あと二、三年だろうけど」

イングリの気が変わらないうちに、俺は大あわてで事務所を飛び出した。心の中で思い切り悪態をつきながらエレベーターに飛び乗ろうとしたら、閉まり掛けた扉に激突し、おでこにデカイたんこぶを作った。

これが天罰とは、意地でも思いたくない。

第二章　ダイヤモンドの罠

俺は中村希、もうすぐ二十五歳。大学を卒業してからずっとフリーター。おかまバーのママが裏で経営してるデリヘルで、出張ホストをやってる。その俺が客がらみの事件でヤバイことになってイングリに助けられたのが、ことの始まり。正直、ボコボコにされて引っ張り回されただけで、あんまり助けられたって気はしないんだけど……。

で、もう一生会いたくないと思っていたイングリに、一月《ひとつき》も経《た》たないうちに会いにいく羽目になってしまったのは、親友の翔太《しょうた》に手をついて頼まれたからだ。翔太とは同じ年に劇団未来座の研究生になって、その二年後、二人とも団員に昇格出来なくて放《ほう》り出された。

俺はショックで心が折れて、元に戻らなくなった。姉が柔道に青春を懸けていたように、俺は演劇に人生を懸けてたのだ。団員になったら辞めるつもりで始めたデリヘルのバイトを今もズルズル続けているのは、きっとそのせいだろう。

翔太は立ち直りが早かった。すっぱり気持ちを切り替えて、やはりクビになった仲間を集め、新しい劇団を立ち上げようとしている。俺も誘われたが断った。未来座の大きな舞台、立派な練習場、完成されたメソッドと生きている伝説のような講師の顔ぶれ……。それと比べると、あまりにもちっぽけで、貧相で、惨めったらしくて、傷口に塩をなすり込まれるような気がしたのだ。

西新宿にある何の変哲もないオフィスビルの三階、その一番奥が渚金融だった。エレベーターを降り、廊下を歩く。だが、ふと昔のことを思い出したせいか、なかなか入る決心がつかない。ドアの前で立ち止まって、ノブに掛けようとした手を、伸ばしたり引っ込めたりした。

「ちょっと。入るか帰るか、さっさと決めな。邪魔！」

ドスの利いた声は、振り返らなくてもイングリと分かる。運悪く、ちょうど廊下の反対側にあるフロア共通のトイレから戻ってきたところに、行き会ってしまったのだ。

「あ、あの、お久しぶりです、海堂さん。その節は大変お世話に……」

俺はビビって、しどろもどろになりながら頭を下げた。

イングリはジロッと俺を睨《にら》んだだけで、さっさとドアを開けて事務所に入っていく。俺はあわててその後にくっついた。

　イングリは壁際に設置したオフィス・コーヒーのポットを取り、中身を紙コップに注《つ》ぎながら言い放った。

「金ならない」

「ないわけないでしょ、金貸しなのに」

「あんたに恵んでやるような金はないと言ってる」

「別に、恵んでもらいに来たわけじゃないですよ」

　フロアに机を並べる社員たちが、場違いな客と社長のやりとりを、好奇心丸出しで眺めていた。ちなみに今日は十月も半ばを過ぎた、何の変哲もない月曜日。時間は一時十五分。午後のお仕事タイムの初っぱなってわけだ。

　イングリは奥の応接コーナーへ顎《あご》をしゃくると、スタスタ歩いていく。俺もせっかくだからコーヒーをいただいて、後に続いた。

　革張りのソファに向き合うと、俺はあらためて用件を切り出した。

「実は、今日は融資の件で……」

「だから、金なら貸せんと言っただろうが」

「どうして？」

「あんたの身体《からだ》なんか、担保の価値はないからね。あたしは幼児虐待の趣味ないし」

「誰がそんなこと言いました⁉」

「おや、これは失礼。身体以外に売るものがあったとは」

「バカにしないでくださいよ。俺は別に、金に不自由してませんから」

「お〜や、びっくり。そんじゃ、何のためにおばさん相手に身体売ってんの？　筋金入りのフケ専？　ギネスに挑戦？　はたまた『これはセックスじゃない、人助けだ』って、使命感に燃えてるわけ？」

イングリがあと二十センチ小さくて、九鬼神流半棒術の達人じゃなければ、殴っているところだ。

「金が要るのは俺じゃなくて、友達です。担保もちゃんと預かってきました」

「あんたさ、質屋と金融業者を間違えてない？」

「え？　でも、銀行だって担保取るし」

イングリは外国人のように肩をすくめて首を振ったが、俺はかまわず、翔太から預かってきた担保を机の上に広げた。ケース入りのダイヤの指輪と、鑑定書だった。

「友達がおばあちゃんから形見代わりにもらった指輪だそうです。鑑定書つき。一千万円したそうです」

イングリは胡散臭《うさんくさ》そうな目つきでケースを手に取り、蓋《ふた》を開けた。

「それ、五百万くらいで買ってもらえないですか？」

　イングリは、今度は哀れむような目つきになった。

「あのね、宝石っていうのは、特殊な例外を除いて、売値は買値の十分の一以下っていうのが相場なんだよ」

「そうなんですか⁉」

　知らぬこととは言え、あんまりな話に、俺は心底びっくりした。

「そんじゃ、その、特殊な例外っていうのは？」

「ダイアナ妃の遺品とか、ジョン・レノンの婚約指輪とか、コレクターが途方もない金を出すような品物だね」

　イングリはケースを机に戻すと、今度は鑑定書を開いてざっと目を通した。鑑定書には、指輪にセットされているダイヤモンドの写真がついている。

「一カラット、Fカラー、クラリティVVS1《ワン》、カットはラウンド・ブリリアントでトリプルExcellent……」

　俺にはチンプンカンプンだが、イングリは宝石の知識もあるらしい。席を立って戻ってくると、机の上にA4コピー用紙を載せた。次はその紙を背景にして指輪の石を眺めたり、小型のルーペで裏側を覗《のぞ》いたりした。そして、次第に眉間《みけん》にシワが寄ってきた。

　俺はいやな予感がした。

「どうしたんすか？」

イングリはソファから立ち上がると、書類用の鞄《かばん》を取ってきて、鑑定書と指輪のケースを突っ込んだ。

「希、いっしょに来な」

何で呼び捨てなんだよ？　俺は今日は客だぞ、敬称つけろッ……と言いたいのは山々だったが、とても恐くて言えたものじゃない。


結局、今回も俺はイングリの運転する真っ赤なポルシェの助手席におとなしく座って、御徒町《おかちまち》の端っこにある雑居ビル三階の小さな部屋へお供した。そこは宝飾品の加工をする工房で、部屋の主《あるじ》のチョビ髭《ひげ》を生やした中年男のほかに、二つある作業台の一つで、三十歳くらいの女の人が金の指輪にヤスリを掛けていた。

「これなんだけど」

イングリが指輪を手渡すと、チョビ髭は片目にルーペをはめ、スタンドの明かりをつけて十秒ほど見つめた後、さらりと言った。

「キュービック・ジルコニアだね」

「……やっぱり」

イングリは当然といった顔で頷《うなず》いたが、俺には青天の霹靂《へきれき》だった。

「偽物なんですかッ⁉」

「キュービック・ジルコニアとしては本物だけどね」

キュービック・ジルコニアは人工石で、安いアクセサリーにダイヤの代わりに使われているそうだ。

「ダイヤの価値は、四つのCを基準に格付けされる。カラー、カラット、カット、クラリティ。クラリティというのは、内包物の状態で、透明度と訳されている……」

イングリは俺の目の前で鑑定書を開いた。

「カラーは無色透明が最高で、等級はDから始まる。これはFだから、まあ一級品だね。カラットは重さのことで、一カラットは〇・二グラム。カットは形状、研磨、対称性のことで、トリプル・エクセレントっていうのは、最高グレードってこと。クラリティの最高はフローレス、つまり全く傷がない状態で、Iクラス……つまり肉眼で容易に内包物が見える状態まで等級がある。このVVS1《ワン》というのは、ヴェリー・ヴェリー・スライトリー・インクルーデッド。十倍のルーペでじっくり探して、小さな内包物が一個、やっと見つかりましたって意味。ほぼ最高級だね」

そして、俺の目の前に指輪を突きつけた。

「ダイヤモンドのこの形はラウンド・ブリリアント・カットっていって、一番一般的なカット。婚約指輪はこれだよね。この形だと、カラットに対応する石の直径は決まっていて、一カラットは約六・五ミリになる。この石も大きさはそんなとこでしょ」

さらに、指輪の裏側を向けた。

「〝D　一・〇c　Pt九〇〇〟って、彫ってあるでしょ？　中石は一カラットのダイヤモンドで、台は九〇％がプラチナってこと。残りの一〇％はパラジウムなど。宝飾品の場合、プラチナの合金はほとんどパラジウム。リングはPt九〇〇以上、ネックレスはPt八五〇。合金の割合が多いほど、金属は硬くなる。……多分、台は刻印通り、本物だと思う」

イングリはもう一度俺に、鑑定書を開いて見せた。

「鑑定書というのは、言わばダイヤモンドの戸籍みたいなもの。この鑑定書があれば、ここに載っている石のグレードが目の前の石と一致するかしないか、見分けることが出来る。ここまで厳密な判定が出来るのはダイヤモンドだけで、他の色石……ルビーとかサファイアとかエメラルドには出来ない。真珠もオパールもトルコ石も全部ダメ。つまり鑑定書がつくのはダイヤだけで、他の石には鑑別書しかつけられない」

「鑑定書と鑑別書は、違うんですか？」

「大違い。鑑別書っていうのは『この石が自然石であることを証明します』っていうだけのもの。あたしに言わせりゃ、クソの役にも屁の足しにもならない」

ついでに言うと、ダイヤモンドに関してはデビアス社という会社が産出・流通その他を一手に握って管理しているため、価格はかなり安定していて、高騰も暴落もないそうだ。

「もう一つ、間違えちゃいけないのは、鑑定書はダイヤの品質を保証するものであって、値段を保証するものではないということ。四つのCが同じダイヤであっても、店によって値段は違う。安さを売りにする店と、高級感を売りにする店では、当然お値段も違う」

「……ってことは分かりましたけど、それなのにこのダイヤが偽物だったのは、どういうわけですか？」

「それをこれから調べるんだよ」

イングリはチョビ髭に話を振った。

「どう思う？」

チョビ髭は鑑定書を指さした。

「この鑑定書通りの本物があって、後から石だけ取り替えたんでしょ。立爪だから外すのも着けるのも簡単だし。もしくは、同じデザインのキュービック・ジルコニアの指輪を別にこさえて、鑑定書をセットでつけたか。偽の鑑定書作る方が手間かかりますからね」

イングリは頷くと、俺の方を見た。

「……というわけで希、あんたの友達に話を聞こうか」

このチョビ髭がイングリの小・中・高いずれの時代の舎弟なのか、つい聞きそびれた。

翔太とは月島の喫茶店で三時に落ち合った。翔太は今月から引っ越し屋でバイトしている。今日は一仕事終わったところだった。早めに帰ると見いとかガテン系のバイトばかりする奴で、俺も肉体労働だけど、殺人的な猛暑だった今年の夏、炎天下に立ちっぱなしで交通整理なんかしていた翔太に比べたら、お遊戯みたいなもんだ。

実のところ、俺は友達にはデリヘルは内緒で、「飲食店でバイトしてる」と言ってある。

「にせものッ⁉」

イングリから事実を説明された翔太は、カッと目を見開いて大声を出した。陽に焼けているから分からないけど、本当は真っ青になっているはずだ。

「おばあさまから形見代わりにいただいた品だと伺いました。おばあさまがどういう経緯でこの指輪を購入なさったか、ご存じですか?」

イングリは言葉も態度も丁寧で、俺と二人の時とは別人のようだ。あー、腹立つ!

「そ、それは、分かんないです。先週、久しぶりにおばあちゃん家に行って、就職どうなったって聞かれたから、未来座の団員に昇格出来なかったんで、新しい劇団作ろうと思って、バイト掛け持ちして資金を貯めてるって言ったら……」

冥土の土産にするより孫の未来に役立てたいと言って、指輪をくれたそうだ。

「おばあさまはご家族といっしょにお住まいですか?」

「いえ、一人暮らしです。おじいちゃんが亡くなってから、家を処分して川口のマンションでずっと……」

「おいくつ？」

「八十二です」

「それじゃ、介護保険の適用は受けておられますよね。ヘルパーさんは頼んでますか？」

「ええと……週に何回か頼んでるはずです。俺も一、二回会ったことあります。三上《みかみ》さんていうおばさん」

そこまで言ってから、翔太はハッとしてイングリに尋ねた。

「もしかして、ヘルパーのおばさんがやったんですか？」

「それは周囲の人間をすべて、調べてみなければ分かりません。しかし、お年寄りをだまして老後の資金を奪うなんて、許せない行為です」

「警察に訴えた方がいいですか？」

イングリはむずかしい顔で首を振った。

「残念ながら、あまりお勧め出来ませんね。うまくいけば犯人は逮捕されるでしょうが、警察の仕事はそこまでです。お金を取り返してくれるわけではありません」

「マジっすか⁉」

俺と翔太はユニゾンで叫んだ。

「詐欺の犯人を逮捕するのは刑事訴訟法、お金を取り返すのは民事訴訟法です。警察は民事不介入が原則ですから、お金を取り戻すには、民事訴訟を起こして、支払った代金の返還を請求しないと」

「そうすれば、お金は取り戻せるんですか？」

イングリは気の毒そうな顔でもう一度首を振った。

「こういう詐欺事件で、お金が戻ってきた例は、ほとんどないんですよ」

翔太はほとんど半泣きで訴えた。

「それじゃ、どうすればいいんですか？」

「当方にお任せください。こちらも乗りかかった舟です。希君の大切なお友達の災難を、黙って見過ごすわけには行きません」

いきなり君づけですか……って、イングリは翔太に、安心させるように微笑《ほほえ》んで見せた。その顔だけ見ると、スクリーンから抜け出してきたイングリッド・バーグマンみたいで、この女がか弱い俺を締め上げて小便チビらせたり、やくざ二人を一瞬で悶絶《もんぜつ》させたりしたなんて、とても信じられない。でも、事実だ。

「ただ、こちらとしてもまったくの部外者では、相手が交渉に応じてくれません。どうでしょう、わたくしを正式に代理人として任命していただくというのは？」

「もちろん、けっこうです！　よろしくお願いします！」

翔太に否やのあろうはずはなく、深々と頭を下げた。イングリはそれを見て、満足そうに頷いた。

「分かりました。では、成功報酬は取り戻した金額を七・三で分ける、ということで、よろしいですね？」

「えっ？」

俺と翔太はまたしてもユニゾンで声を上げ、互いの顔を見合ってしまった。

「報酬って、三割も取るんですか？」

イングリはにっこり笑って答えた。

「まさか。こちらの取り分は、七割です」

「そ、そんなバカな！」

「闇金《やみきん》よりひどいじゃないですか！」

「あたりまえだろう、この薄らボケ！」

ついに正体を現したイングリの迫力に、翔太も思わず後ずさった。

「赤の他人が、無報酬《ただ》でテメエのために動いてくれるわけないだろうが。兄ちゃんだって、金欲しいからバイトしてるんだろう？」

おっしゃる通り。でも、七割はないだろう。

「返ってくるはずのない一千万円のうち、三百万が返ってくるんだ。ありがたい話じゃないか。この世に、無報酬ほど高いものはないんだよ。金が役に立たない時は、命のやりとりになるからね」

俺たち三人はイングリのポルシェで翔太のおばあさんのマンションへ向かった。

知らない人のために説明すると、イングリのポルシェはスポーツ・タイプで、基本二人乗りである。そこに三人乗るということは、誰か一人が狭い後部座席に手足を折り曲げて体育座りするわけで、イングリに指名されたのは当然ながら、俺だった。で、川口に着くころにはもう、全身ガチガチに固くなって、腰痛になりそうだった。帰りは俺、電車で帰る。

翔太のおばあさんは児玉千里《こだまちさと》さんという。糖尿病と高血圧の持病があり、足が少し不自由で、耳が遠く、白内障で物忘れがひどい……とまあ、八十二歳なら平均くらいの健康状態で、要支援2に認定されている。

イングリは偽ダイヤの指輪を左手にはめると、「偽物だったということは秘密に」と釘《くぎ》を刺した。

「まあ、翔太のお友達？」

千里さんは孫が人を連れて訪ねてきたのが嬉《うれ》しいらしく、ニコニコしながら聞いた。

「初めまして。中村希です」

俺が行儀良く頭を下げると、イングリは「希の母でございます」とにっこりした。

「翔太君の指輪、大変気に入ったものですから、買い取らせていただきました。お友達に見せたら、是非同じものが欲しいと言い出しまして。それで、児玉さんがどちらでこの指輪をお求めになったのか、お伺いしたくて参りましたの」

　イングリは偽ダイヤを光らせて、有閑マダムのようにオホホと笑った。それにしても、よくもまあスラスラ嘘《うそ》を思いつくものだ。

「ええと……あれは……そうそう、確か、三上さんのお友達の方だったわ」

　受け答えに時間はかかるが、いわゆる認知症ではないらしい。ヘルパーの女性が連れてきた別の女性が、その後何度か様子を見に訪問してくれて、四方山話《よもやまばなし》などするうちにすっかり親しくなり、勧められるまま指輪を購入したという。

「一生価値が変わらないそうで……。それに、世界中どこでも、同じ値段でお金に換えられるからって言われましてねえ」

　このばあさんに世界旅行に行く当てがあるとは思えないけど、ま、いいか。

　イングリは要領良く必要なことを聞き出すと、丁寧にお礼を言って、俺と翔太を促して玄関口へ向かった。

「私と希はヘルパーの線を洗うから、君はもう少し、おばあさんから話を聞いてみて。話しているうちに、何か重要なことを思い出すかもしれないし」

「分かりました」

翔太が神妙な顔つきで頷くと、イングリは鞄から財布を取り出し、万札を引き抜いて翔太の手に押しつけた。

「今晩はお寿司《すし》でも取って、おばあさんといっしょに食べなさい」

「すみません。色々ご迷惑掛けて……」

イングリは首を振り、説教臭いおばさんの顔になって翔太を見た。

「あたしに悪いと思ってるなら、月に一度か二度はおばあさんに顔を見せてあげなさい。用があってもなくても」

翔太は口の中でモゴモゴ言って、頭を下げた。

イングリは駐車してあったポルシェに乗り込むと、千里さんから預かったヘルパーの名刺を片手に、携帯を開いた。

「おばあさん、何か思い出しますかね？」

「無理」

「え？　じゃ、何故《なぜ》？」

「もう何年も、孫と夕飯なんか食べてないと思ってさ」

イングリは答えながら番号をプッシュし、携帯を耳に当てて応答を待った。

「もしもし、三上玲子《れいこ》さんでいらっしゃいますか？　こちら、太平洋保険の調査部でございます。いえ、勧誘ではございません。実は、以前三上さんがお世話なさった鈴木《すずき》さんという女性がお亡くなりになりまして、その方が加入なさっていた生命保険の受取人の名義が、平成二十年に三上さんに変更されているんです。……いえ、とんでもない。……はい、勿論《もちろん》。保険金ですか？　五百万円です。……はい。それで、至急お目にかかって、書類に印鑑だけいただきたいんですけど。……いえ、こちらからお伺いしますので」

その後、二、三の短いやりとりを終えて、イングリは携帯を閉じた。

俺はつくづく感心してしまった。

「……しかし、ホント、海堂さんって、嘘がうまいっすね。金貸し辞めたら詐欺でも食ってけるんじゃないですか」

「あたしはあんたと違って、職業別電話帳に載せられないような仕事は、しない主義」

ぴしゃりと言うと、アクセルをふかして、ポルシェを走らせた。

三上玲子の住まいは同じ川口市内にあった。外階段つきの二階建て、コーポと呼ばれる形式の中古アパートだ。

玲子は四十くらいだろう、ショートカットで小太りの、どこにでもいる感じのおばさんだった。安物のスエットの上下に、デニムのエプロンを掛けていた。詐欺の片棒を担いで、お年寄りから金を巻き上げるような女には見えない。が、人は見掛けによらないことは、いやと言うほど思い知らされているので、別に不思議でも何でもないけど。

　玲子は予期せぬ大金が転がり込んでくる期待に胸をふくらませている様子で、俺たちを愛想良く迎え入れた。狭いダイニングキッチンの椅子《いす》に腰掛けると、いそいそと紅茶とクッキーを出してくれた。

「どうも初めまして。わたくし、渚金融の海堂と申します」

「えっ⁉」

　話が違うので、当然ながら玲子の顔は険しくなった。そして何か言おうとしたが、イングリはまるで意に介さず、にっこり笑って頭を下げると、ちらりと俺を見て言った。

「こいつはおまけですから、無視してください」

　おい、何だよ、それは……⁉

「人をこんなとこまで引っ張ってきて……」

　俺の抗議を聞こえないふりをして、書類鞄から取り出した指輪のケースと鑑定書を、机の上に広げた。

「これはあなたの知り合いが、児玉千里さんに一千万円で売りつけた指輪と、その鑑定書です。このダイヤが偽物だってこと、ご存じでした？」

　玲子の顔は血の気が失《う》せ、はっきり分かるほど青白くなった。

「……そんな、私、知りません」

「そんな言い逃れは通用しませんよ。これを売りつけたのはあなたの友達でしょう」

「違います！　友達じゃありません！」

「友達でもない人を、自分の担当するお年寄りに紹介したわけですか。そして偽のダイヤを売りつけて、一千万円だまし取った。……あなたのやったことは完全な詐欺ですよ」

「うそっ⁉　だって、私、知らなかったんです！　本当に、知らなかったんです！」

「法律上はどうあれ、あなたが職務規程に反していることは間違いありません。事件が表《おもて》沙汰《ざた》になれば、道義的責任も問われます。ヘルパーの資格も取り上げられるでしょうね」

「知りません！　私、何も知りません！」

顔は引きつり、声は裏返り、玲子はパニック寸前だった。俺はイングリがここで腕力にものを言わせて、一気に泥を吐かせるのかと思ったが、意外にも妙に優しい顔で玲子に頷いて見せたので、拍子抜けしてしまった。

「三上さん、あなたが優秀で親切なヘルパーだってことは、よく分かりますよ。児玉さんもあなたを褒めていたし、他のお年寄りもあなたを信頼しているからこそ、あなたの紹介した人にも心を許したんでしょう。ただ、あなたの知り合いが、お年寄りのあなたに対する信頼を利用して、悪事を働いたことは事実です」

子供に言い聞かせるような、穏やかな口調だった。

「私はあなたを責めるつもりはありません。人の良さにつけ込まれて犯罪に利用されただけ。あなたも一種の被害者だと思っています。私はただ、被害に遭ったお年寄りを助けたいんです。そして、これ以上被害が広がるのを防ぎたいんです」

玲子は鼻をすすり、眼鏡を外してゴワゴワしたデニムのエプロンで涙を拭《ふ》いた。

「協力していただけますね？」

玲子は眼を赤くして頷いた。

なんで下手《したて》に出るんだよ、イングリ？　クソ面白くもねえ。

「柴崎《しばさき》くるみさんとは八年前、ヘルパー二級の研修を受ける時に知り合いました。研修後は同じ事業所に所属しましたが、くるみさんは一年足らずで辞めてしまって、それからは会うこともありませんでした。それが、三年前、急に連絡があって……」

くるみは今、宝石店で働いていると言い、とても羽振りが良さそうだった。何度もおしゃれなフレンチやイタリアンの店に食事に誘われ、ご馳走《ちそう》になった。豪華な食事と美味《おい》しいワインに気分もほぐれ、玲子は問い掛けられるまま、仕事上の愚痴や苦労話といっしょに、介護しているお年寄りのプライバシーに関することまでしゃべっていた。

「そしたらある日、担当しているお年寄りを紹介してくれないかって、頼まれたんです。決して押し売りはしない、ダイヤモンドは価格が安定していて、手軽に持ち歩けて、世界中どこでも同じ値段でお金に換えられて、貯金と同じくらい安全な財産の形だからって言われて……」

一人紹介するごとに、くるみは五万円の手数料を支払った。当時、アパートの建て替えで転居を迫られていた玲子にとって、一人五万の報酬は魅力だった。

「私がくるみさんをお年寄りの家に連れていったのは、最初の一回だけです。後は……知らないんです」

一回だけで充分だったはずだ。千里さんもそうだが、寂しい一人暮らしの老人は、話し相手に飢えている。そのくるみという女は、介護ヘルパーから詐欺師に転職したくらいのタマだから、一度親しく口を利くチャンスを得れば、瞬く間に懐に飛び込む術《すべ》を心得ているに違いない。

「でも、ダイヤが偽物だったなんて……そんなひどいことをしていたなんて、私、本当に知らなかったんです」

「分かってます。ですから、これ以上被害者を出さないために、柴崎くるみの住まいを教えてください」

玲子は涙を拭いて立ち上がり、戸棚の小抽出《ひきだ》しから柴崎くるみの名刺を取り出した。

俺は再びイングリのポルシェに同乗して、板橋にあるくるみのマンションに向かった。

「海堂さん、何か、今日はずいぶん優しいじゃないですか。俺の時はボコボコにしたくせに、えこひいきだよな」

「あんなもんはトカゲの尻尾《しっぽ》のその先で、叩《たた》いたって仕方ない。それに、あたし、弱いものいじめは嫌いだし」

何言ってんだよ、俺のことはいじめただろうが⁉

そうこうするうちに、マンションに着いた。オートロックのついた十二階建てで、エントランスも豪華だった。

すでに夜の九時を回っている。今度はどんな口実でドアを開けさせるのかと思ったら、いきなり不法侵入ツールをオートロックの鍵穴《かぎあな》に突っ込んだ。

「それ、ヤバくないっすか？」

「全然。ヤバイのは向こう」

あっという間にオートロックを開けると、イングリはエレベーター・ホールへ向かった。俺も、金魚のウンコのようについて行く。

六階の一番奥の部屋、六〇五号室のドアの前に立つと、イングリはドアホンを押し、扉をどんどん叩いた。

「ちょっと、何ですか？」

ドアホンから、咎《とが》めるような女の声が響く。

「大変です！　三階で異臭騒ぎです！　柴崎さん、そちらに異常ありませんか⁉」

十秒ほどしてドアが開き、女が顔を覗かせた。チェーンはかかっていない。

「異臭騒ぎって……」

言い終わらないうちに、イングリは女を突き飛ばし、部屋の中に踏み込んだ。俺も後に続いた。

「ちょっと、何すんのよ！」

尻餅《しりもち》をついた女が立ち上がり、イングリを睨んだ。三十代半ばくらいで、絹のガウンにセミロングの髪、きれいに化粧していた。地味だが一応美人の部類に入るだろう。

「柴崎くるみだね？　お前に偽ダイヤを売らせた親玉のところに、案内してもらおうか」

「バカじゃないの？　何言ってんのよ？　警察呼ぶわよ」

「どうぞ。手間が省けてちょうど良い」

「おい、どうしたんだよ？」

その時、隣の部屋から、腰にバスタオルを巻いただけの男が出てきた。年はだいたい俺と同じくらい、身長は俺より少し高い……一七五、六だろう。素っ裸に近いが、長めの茶髪に日焼けサロンで焼きましたという小麦色の肌、筋トレで作りましたという筋肉質の上半身、片耳にピアスという格好は、どこかのホストクラブにお勤めに違いない。

「シンちゃん、こいつら、追い出してよ！」

くるみがヒステリックに叫んだ。それを受けて、男が一歩前に踏み出した。

「……だってさ。出ていきな、おばさん」

イングリは腰に両手を当て、仁王立ちして男を睨んだ。

「どいてな、小僧。あたしは今、機嫌が悪い。そこにいると怪我《けが》するよ」

「何だと、このくそババア」

俺は一瞬拍手しそうになって、自分の立場を思い出した。

男はボクシングの構えを取った。ホストというと、女の機嫌を取ってなよなよしていると思われがちだが、職場は男だけの世界で、運動部に近い。中には血の気が多くて腕自慢の奴もいるのだ。その男の動作にも、自信のほどが現れていた。どうする、イングリ？

男が繰り出した右のジャブを、イングリはほんの少し身体をひねっただけで簡単にかわすと、足払いを掛けた。男は派手に尻餅をついた。

イングリは唇を片方だけ吊《つ》り上げて、皮肉に笑った。

「この女にいくらもらったか知らないけど、客に忠義立てして大事な商売道具が壊れたら、元も子もないよ。今のうちにパンツはいて、出ていきな」

素っ裸で跳ね起きた男の顔は、怒りで凶暴に歪《ゆが》んでいた。

「ぶっ殺してやる！」

男はボクシング教本に載せたいような見事なワン・ツーを繰り出したが、イングリは絶妙なバック・ステップで間合いを取り、次の瞬間、正面に飛び込んで男の右手首をつかみ、同時に鳩尾《みぞおち》を膝《ひざ》で蹴《け》り上げた。そして、前にのめる男の首のつけ根に、手刀をお見舞いした。男はそのまま床にはいつくばり、ピクピク痙攣《けいれん》して、動かなくなった。

俺は男の傍らに膝をついて、イングリを見上げた。

「……もしかして、死んじゃったんですか？」

「ば～か。延髄《えんずい》切りで延髄切れた奴はいないって」

イングリは声も出せずに立ちすくんでいるくるみを、厳しい目で睨んだ。

「痛い目に遭ってから案内するか？　それとも今すぐ案内するか？」

くるみが後者を選んだのは、言うまでもない。


俺はまたしてもポルシェの後部座席に体育座りで、腰が痛かった。

くるみが俺たちを案内したのは、池袋西口にある雑居ビルの五階だった。そこがボスの事務所で、毎日昼過ぎから深夜までいるという。

くるみは「株式会社B・Mコーポレーション」という表札のかかったドアの前に立ち、カメラつきインターホンのボタンを押した。

「別所《べつしょ》さん、柴崎です」

「何だ、こんな時間に？」

甲高い男の声が応《こた》えた。

「すみません。目白の件でちょっとご相談が……」

ドアが開くと、イングリはくるみを押しのけて前に出た。

「何だ、おま……」

まで言う前に、イングリのパンチが顔面に炸裂《さくれつ》し、男は後ろに吹っ飛んだ。

えは……？

イングリはそのままずかずか進むと、倒れている男の胸ぐらをつかんで引き上げた。

「なるほど、お前がトカゲの頭かい？」

イングリが手を放すと、別所と呼ばれた男はよろめきながら後ずさった。五十代半ばくらいの、痩《や》せた、小柄な男だった。仕立ての良いスーツに、鼻血が飛び散っている。

「なんだ、てめえは？」

「これは失礼。被害者の代理人、渚金融の海堂です。児玉千里さんに売りつけた偽ダイヤの代金一千万円、返してもらおう。ついでに、他のお年寄りからだまし取った金も、全部まとめて返しな」

「いったい、何の話だ？」

「ネタは挙がってるんだよ。トカゲの尻尾が全部ゲロした」

イングリは魂を抜かれた人形のように突っ立っているくるみへ、顎をしゃくった。

「あの女が何を言ったか知らないが、俺は無関係だ」

別所は開き直った。

「偽ダイヤだと？　知らねえな。俺がやったって証拠があるなら出してみろよ。出せねえだろう」

別所は強気に出てせせら笑った。

「証拠がないのに人を犯罪者呼ばわりしようってのか？　冗談じゃねえぜ。現代は警察も裁判も、証拠がすべてなんだよ」

だが、イングリは余裕のある笑顔で別所を見据えた。

「……なるほどねえ。ところでお前、ここが龍神会《りゅうじんかい》のシマだってことは知ってるね？」

「それがどうした？」

「別に。ただ、あそこの会長は強欲でね。この件を話せば、必ず一枚噛《か》ませろって言ってくるだろうさ」

別所の顔に、みるみる不安が広がっていった。

「龍神会が乗り出してきたら、お前は今までの稼ぎを全部吸い取られた上に、これからはただで危ない橋を渡らなくちゃならない」

詐欺の黒幕をやるくらいだから、男は知能犯なのだろうが、イングリの脅しに、すっかり戦意を喪失していた。

「で、どうしろって言うんだ？」

「とりあえず、児玉千里さんには一千万円全額返済してもらう。その他の被害者に対しては、最低限、鑑定書に記載されているものと同等か、それ以上のグレードのダイヤモンドを返還する。それだって、お前にはかなりの差額が残るはずだ」

イングリから後で説明してもらったのだが、別所はヤバイ筋から格安で仕入れた本物のダイヤモンドで鑑定書を作成し、指輪に加工した。その後、偽ダイヤ（キュービック・ジルコニア）の指輪に鑑定書をつけて売りさばいた。鑑定書作成に使ったダイヤがまだ手元にあるかどうかは知らないが、たとえ、新たに鑑定書と同等の品質のダイヤを仕入れて返したとしても、仕入れ価格と販売価格には開きがあるから、その差額は別所の儲《もう》けになる、ということだ。

「……分かった」

「話が早くて助かるよ。その代わりこちらは、龍神会にも警察にも通報しない」

別所は悔しそうに頷いた。

「言うまでもないけど、事後調査はきっちりやらせてもらう。うちには優秀な調査員がいるからね。もし、この期に及んで妙な小細工をしたら……」

「分かってる。俺も男だ。今更悪あがきはしねえよ」

別所は肩を落とし、吐き捨てるように言った。

イングリは立ち去ろうとしてふと足を止め、別所を振り返った。

「最後に一つ。この計画の絵図を描いたのは、誰だい？」

「……聞いてどうする？」

「別に。単なる好奇心」

「鷹野《たかの》。鷹野莉央《りお》って女だ」

イングリは黙って事務所を出た。何故か、その顔は冴えなかった。


もう夜の十一時近かった。

イングリはホテルメトロポリタンのそばの、深夜まで営業している無国籍料理屋でご飯をおごってくれた。よくよく考えてみれば、翔太のおばあさんの家に行った後は、俺がイングリにくっついて行く理由はなかったんだ……。

ところで、店に入る時、俺はふと誰かに見られているような気がして振り返った。が、背後にあるのは夜の盛り場の雑踏で、知った顔は見あたらない。気のせいだろう。

「別所がトカゲの頭で、柴崎くるみみたいな尻尾が何匹かいて、その下に三上玲子みたいな使い捨ての尻尾の先がいるわけ」

イングリは白ワインを水のように飲みながら（運転は大丈夫かって？　ダメに決まってる。代行業者を頼むんだって）、今回の詐欺事件の構造を説明してくれた。

「あの別所って男には、見覚えがある。……多分、鶴亀《つるかめ》商事の生き残りじゃないかな」

鶴亀商事は俺が生まれたばかりの頃、純金積立の詐欺で世間を騒がせた会社だ。

こういう詐欺商法は、品物は何でも良いらしい。金、ダイヤ、鉱山の株、レアメタル、その他何でも、人の欲と寂しさにつけ込めば、金はだまし取れる。

「海堂さん、鷹野莉央って、誰なんです？」

白ワインを飲むイングリの顔が、青汁でも飲んだように、苦々しくなった。

「……昔うちにいた社員でね。両親を早くに亡くして、苦労したみたいだけど、素直な良い子だった。仕事も出来たし。それが……」

弁護士を目指す青年と恋仲になり、司法試験に合格出来るようにと、莉央の働きで生活を支えた。ところが、司法試験に合格し、弁護士として一人前になった途端、男は莉央を捨てた。

「就職した大手法律事務所の所長の娘と縁談が持ち上がると、それこそ後足で砂を掛けるように、あっさりと」

莉央は渚金融を退職し、消息を絶った。

俺はまたしても粘り着くような視線を感じ、さっと後ろを振り返り、周囲を見回した。

「何やってんだよ、さっきから。人の話はちゃんと聞け」

イングリは長い腕を伸ばして、いきなり俺の後ろ頭をはたいた。

「いてッ！　何すんですか、もう……！」

いったいどんな運命のいたずらで、俺はこの女に関《かか》わってしまったんだろう？　そして、いつまでサンドバッグ代わりにされるんだろう？

しかし、イングリは俺の嘆きなど気にも留めず、何事もなかったように先を続けた。

「それからしばらくして、デート商法がマスコミで問題になった時、彼女が関係していることが分かった。それからも、次々と……」

莉央はいつしか、使われる尻尾から頭に昇格し、いくつかのマルチ商法で金を吸い上げる黒幕になった。どれも摘発寸前に計画倒産して、告発を免れた。

「世の中を逆恨みしているんだろうねえ。……私も、恩知らずな男のことは忘れて、新しい幸せをつかむように、ずいぶん説得したんだけど、ダメだった」

イングリはホーッとため息を吐《つ》いた。

「莉央に、もういい加減に立ち直って欲しい。罪を重ねる度に、どんどん傷が深くなっていく。それが分かっているのか、いないのか……？」

哀しげに目を伏せるイングリの横顔は「カサブランカ」のイングリッド・バーグマンそっくりで、先刻のイングリとのあまりのギャップに、俺はめまいがした。

イングリより先に店を出た途端、二人の男が俺の前に立ちはだかった。

「中村希さんですね？」

男は身構える俺の目の前に、警察手帳を突きつけた。

「少し、お話を聞かせていただきたいのですが、署までご同行願えますか？」

……警察って、俺、何もやってないよ！

第三章　女の部屋

　刑事二人は両側から俺を挟み込み、有無を言わせず引きずっていく体勢だ。二人とも四十くらいで、一人は薄らハゲ、もう一人は「ちょいワル」風の髭《ひげ》を生やしているものの、まるで似合わないダメ親父《おやじ》。

「な、何ですか、いったい？」

「詳しいことは署で」

　その時、背後からドスの利いた声が響いた。

「ちょっと待った！」

　刑事たちも思わず振り向いた。そこには、勘定を払って出てきたイングリが、いつもの貫禄《かんろく》で立っていた。

「お宅ら、任意でそれはないでしょ。それともフダ（令状）持ってんの？」

「何だ、あんたは？」

「これは失礼。渚金融の海堂です」

全然失礼と思っていない面構えで、イングリは先を続けた。

「警察は市民のみなさんを守る義務があるんでしょ？　本人が同意していないのに、令状なしでいきなり引っ張ってくのは、マズイと思いますよ」

「部外者は黙ってろ」

薄らハゲが険悪な人相をさらに恐ろしげに歪《ゆが》めて、威圧するように言った。

「お宅ら、どちらの刑事さん？　池袋署？」

「新宿署だ」

イングリは携帯を出すと、短縮ボタンを押して耳に当てた。

「ああ、片山？　渚金融の海堂です。お宅の刑事課の二人が、知り合いの子供を任意で引っ張ろうとしてるのよ。事情が分かれば、明日あたしが責任持って出頭させるから、ちょっとお話してくんない？」

片山というのは新宿署のマル暴の刑事、片山圭介。イングリの中学の時の舎弟だそうだ。

イングリから携帯を受け取った薄らハゲは、俺たちに背を向けて、しばらく声をひそめてゴニョゴニョ言っていたが、やがて苦り切った顔で振り向き、携帯を返した。

「ありがとうね、片山。恩に着る」

イングリは携帯をポケットにしまうと、刑事二人に向き合った。

「いきなり任意同行を求められるなんて、穏やかじゃありません。とりあえず、簡単に事情を話していただけませんか？　その上で本人の出頭が必要なら、明日、私が責任を持ってそちらに伺わせます」

刑事二人は顔を見合わせたが、今度はダメ親父の方が口を開いた。

「先週の土曜日、つまり十月十五日の午後九時から十二時まで、どこにいたか知りたい」

つまり、一昨日の夜だ。それなら簡単、客のところだ。

「弓川佐知子《ゆみかわさちこ》という女の人のマンションにいました。住所は台東区の千束《せんぞく》です」

八時に東京駅の丸ビルの前で待ち合わせて、佐知子の車でマンションに行った。佐知子は車の運転が好きで、いつも待ち合わせ場所に車で来て、自宅マンションまで運転していく。最新のカーナビを搭載してあって、好きな番組を観《み》られるので、けっこう楽しいドライブだ。

年齢は五十二歳と聞いたが、十歳くらい若く見えた。金持ちの女はアンチ・エイジングに大金をつぎ込めるから、客の多くは実年齢より若く見える。

「十一時くらいまで部屋にいて、それから、車で家まで送ってもらいました」

「確かだろうな？」

「間違いないです。一昨日のことだから、ちゃんと覚えてます」

刑事二人は、素早く互いの顔を見合わせた。

「それが、どうかしたんですか？」

「どうせ明日になれば全部話すんでしょ？　もったいつけないで、教えてあげたら？」

ダメ親父は、忌々しげにイングリを睨んだが、片山刑事のサポートが利いたのか、不承不承に事情を説明してくれた。

「十五日の午後十一時少し過ぎ、新宿区のとあるマンションでボヤ騒ぎがあった。火災報知器が鳴ってスプリンクラーが作動し、消防車が駆けつけた。火事そのものは大したことはなかったが、火元の部屋で、住人が死んでいた。包丁で胸を刺されて」

後で知ったことだが、被害者は仁科登《にしなのぼる》、三十歳。大手広告代理店電広堂《でんこうどう》勤務のエリート・サラリーマンだった。死亡推定時刻は十五日の午後九時から十一時。九時過ぎに宅配ピザを取っていて、それがほとんど消化されない状態で胃に残っていたので、正確には十時から十一時の間らしい。

「詳しい事情は省くが、容疑者として浮かび上がったのが、弓川佐知子だ。事情を聞くと、事件当夜のアリバイを申し立てた。土曜日の夜は、十一時過ぎまで、デリヘルの男と自宅マンションに一緒にいた、と」

「はい、その通りです」

刑事二人は、胡散臭《うさんくさ》そうな目でジロジロ俺を眺めた。

「嘘《うそ》なんかついてないですよ。そんな義理ないし。あ、買収なんかされてませんよ。いくら口裏合わせたって、俺、頭悪いから、細かく突っ込まれたらボロ出ちゃうし」

「はい、その通りです」

うるせーよ、イングリ。

「まあ、とにかく、明日署の方で話、聞かせてもらうから」

刑事二人は俺の住所を確認して、引き上げた。

「あー、恐かった。でも、刑事も大変っすね。こんな遅くまで仕事なんて。俺は朝寝出来るけど、刑事は朝も早いんでしょ？」

俺はイングリを振り向いた。イングリは刑事たちの消えた方を眺めながら、何やら難しい顔で腕組みし、ぶつぶつ言っていた。

「殺しってことは本庁が出張ってきてるわけか……。でもって帳場は新宿署」

これを一般市民向けに解説すると、帳場って言うのは捜査本部のことで、所轄署に設置され、所轄の刑事は警視庁捜査一課の下働きに使われることが多い……ってこと。つまり、今の薄らハゲとダメ親父のことだ。

「……待てよ。電広堂の仁科登？」

そう呟《つぶや》いたイングリの顔が、次第に険しくなった。

「あーっ！　ちくしょうっ！」

「な、何ですか、急に？」

「ガイシャだよ、仁科登。電広堂の社員。うちの客だった」

「……お金貸してたんですか？」

イングリは悔しそうに顔をしかめて頷《うなず》いた。

「三百万。電広堂の社員なら取りっぱぐれがないと思ったのに。死んじまったら回収出来ないじゃない。まったく、もうっ！」

死者を悼む気持ちより貸した金を取り返したい気持ちが先に立つところは、さすがに高利貸しだ。

「こうなったら、警察より先に犯人を見つけて、絶対に返済させてやる！」

イングリは拳《こぶし》を握りしめ、星に誓うポーズになった。

それはいいんだけど、困るのはその次だ。

「希、協力しな！」

ほら、ね。何でいつもこうなるの？

翌日、俺は朝八時半に新宿警察署に出頭した。すぐに殺風景な部屋に連れていかれ、薄らハゲとダメ親父から、十五日午後の行動を徹底的に追及された。隠すことは何もないので、すべてありのままに答えた。

同じことを繰り返し何度も聞かれたが、俺の答えはいつも同じだった。それで正直に話していると確認出来たみたいで、やっとお役ご免になった。

するると、刑事二人は日頃の味気ない仕事の憂さでも晴らしたいのか、俺にとんでもないことを尋ねた。

「お前、客の中に、芸能人いなかった?」

「いるわけないでしょ」

「何だ、つまんねえな」

「仕事は基本的につまんないですよ」

「そんじゃ、変態の客はいなかったか?」

「いましたよ、約二名」

薄らハゲとダメ親父は鼻の穴をふくらませた。

「どんなんだ?」

「一人は、オナニーするとこ見ろって。見られないと興奮しないんだって」

二人はふくらませた鼻の穴から大きく息を吐いた。

「もう一人は?」

「これはすごかったですね」

二人のふくらんだ鼻の穴が、興奮で赤くなってきた。

「浣腸《かんちょう》して、下痢《げり》するんですよ。俺はその間中、素っ裸で横に立って、宮沢賢治の詩を朗読させられてました」

二人の鼻の穴はたちまちしぼんでしまった。

「何だ、気色悪い」

「もっとこう、色っぽい変態はいないのか？」

俺は呆《あき》れて首を振った。

「刑事さん、気色悪いから変態なんですよ。それに、俺の客は基本おばさんだから、どっちに転んでもそんなに色っぽくならないですよ」

二人はがっかりして俺に興味を失い、とっとと帰れという態度に出たので、俺はさっさと新宿警察署を後にした。


その足で、俺は西新宿にあるイングリの会社に向かった。

社員に案内された応接コーナーには先客がいた。「刑事コロンボ」がダイエットしたみたいな冴えない中年男で、さすがによれよれのコートは着ていなかったけど、くたびれた背広姿で、髪の毛もぼさぼさだった。

イングリは中年男の隣の席に腰を下ろし、俺を紹介した。

「新宿署の片山さん。こっちが例の中村希」

だから、呼び捨てはやめろって。だいたい、「例の」って何だよ？

「じゃあ、まず、希君の話から聞こうか」

片山は気楽な口調で言って、ポケットから出した煙草《たばこ》に火をつけた。刑事と煙草はやはり絵になる。コロンボは葉巻だけど、片山はジタンだ。

イングリに聞いた話では、この人は巡査部長で、ドラマなんかで「デカ長」と呼ばれる地位にあるらしい。そう言えば、全然偉そうじゃないし、強面《こわもて》でもないけど、どことなく風格のようなものが感じられる。あの薄らハゲやダメ親父とは、まるっきり役者が違う。

「弓川佐知子という客には、先月初めて会いました。それからこれまで、指名は三回です」

三回とも丸ビルの前で待っていると、佐知子が車でやって来て、俺を乗せて千束にある自宅マンション、メゾン・ソレイユへ行った。

佐知子の部屋は六階の2LDKで、モデルハウスのように綺麗《きれい》だった。特に印象に残っているのは、バカラのグラスのコレクションだ。ガラス戸棚にグラスがずらっと並んでいて、ライトアップの設備までついていた。自分の家にショーケースがあるなんて、珍しい。

「帰りはいつも車で送ってくれるの？」

「それはこの前だけ。初めの二回は、まだそんなに遅くない時間だったし」

イングリがオーナーから聞き出した情報によると、佐知子は二ヶ月前、ほかの会員の紹介で、俺の働いている会員制デリヘルに入会した。指名したホストは俺だけで、つまりまだ三回しか利用していないわけだ。

ちなみに、オーナーはイングリの高校時代の舎弟で、その後おかまバーのママになり、裏では会員制のデリヘルを経営している。だから今では舎弟ではなく、妹分ってことになる。

「希、弓川佐知子って、どんな女？」

「どんなって……。まあ、普通のお客さんですよ。わがままでもなく、変態でもなく」

「手も握らないのにチップをくれたり？」

「まさか。そんな客、めったにいませんよ。でもまあ、確かに、自分で車を運転して自宅のマンションに連れてく人は珍しいよね。普通は待ち合わせてラブホだから」

イングリは片山を見た。

片山は二本目の煙草に火をつけると、手帳を出してざっと目を通しながら話し始めた。

「犯行現場は新宿区北新宿三丁目のマンション、サニーサイド・パレス。六階の五号室。被害者は仁科登、三十歳」

事件の詳細は、前に書いた通り。

「……犯人はまず腹を刺し、続いて胸を刺している」

室内に物色された様子はないので、物盗り目的とは考えにくい。痴情怨恨《えんこん》の線で捜査は始まった。

「なるほどね。いきなり心臓を狙《ねら》うより、確実な方法かもしれない。骨に当たる心配はないし、切っ先が腸に達したら、まず助からない」

「そこまで深い恨みがあったわけだ」

俺は片山に尋ねた。

「どうして弓川佐知子は犯人と疑われているんですか？」

「ダイイング・メッセージ」

「ええっ⁉」

「自分の血で『ゆみかわ』と、絨毯《じゆうたん》に書き残してあった。鈴木や佐藤と違って、どこにでもある名前じゃないからな」

推理小説の世界だけかと思っていたら、実際にもあるんだ、ダイイング・メッセージなんて。

「そして、仁科の携帯の通話記録によれば、最後に話した相手が弓川だった。手帳にも、十五日夜十時・弓川との予定が記されていた」

でも、その時間には、佐知子は俺と千束にいた。北新宿にいる仁科を殺すなんて、不可能だ。

「希、千束のマンションに着いてから、弓川が席を外したことはない？」

「ありますよ。トイレに行ったり、風呂入ったり。急にお客から電話がかかってきて、隣の部屋で十分くらい話してたこともあったな。でも、そんなもんですよ。新宿へ行って帰ってくるなんて、絶対無理」

「……そうか」

　イングリは残念そうにため息を吐《つ》いた。

「ねえ、片山。弓川佐知子と仁科はどういう関係だったの？」

「弓川は外車のディーラーだ。優秀で、業界でもトップクラスの売り上げだそうだ。仁科は去年、弓川を通して車を買っている」

「それがどうして、痴情怨恨にいくんですか？」

「事情は知らんが、三ヶ月ほど前、二人の間に何かトラブルがあったらしい。弓川が何度も会社にやって来て、仁科を詰問している姿が目撃されている」

「それについて、弓川は何と言ってるの？」

「仁科に、買ったばかりの車に不具合があるから返品したいと言われ、根も葉もないことなので抗議した……と言っている」

「殺すほどの理由じゃないよねえ」

　イングリは難しい顔で紙コップのコーヒーを飲み干した。

「で、そっちは？」

片山が言うと、イングリはテーブルの上に置いたファイルを開いた。

「仁科登は、けっこうなタマだね。うち以外にもサラ金から金を借りまくってた。焦げつきがないのは、自転車操業で、あっちで借りてこっちに返し……ってやってるから。ま、だからうちも貸しちゃったんだけど」

「電広堂の社員なんでしょ？　何でそんなに金が必要なんですか？」

「ギャンブル。仁科は病的なギャンブル狂だった。競馬、競輪、ボートレース。公営だけじゃ物足らず、ポーカーにスロット。違法賭博《とばく》に手を出したら、金なんか羽が生えて飛んでくように消えるからね」

飲む・打つ・買うは、一度深みにはまるとそこから脱却するのは難しい。一流会社の社員でも、ギャンブルにはまる奴は大勢いる。大手名門企業の会長が会社の金を借用してギャンブルに注ぎ込み、訴えられた事件もあった。

「博打《ばくち》っていうのは、公営であろうが違法であろうが、トータルで胴元が勝つように出来てるんだよ。やれば必ず損をする。博打で財産スッた奴は大勢いるけど、博打で蔵建てた奴はいないない。みんな、分かんないのかねえ」

イングリがしみじみと言った。

「片山さん、ほかに容疑者はいないんですか？　そんなひどいギャンブル狂なら、ヤバイことにも手を出して、ほかにも恨んでる人間がいるんじゃないですか？」

「もちろん、何本か別の線も追ってるが、本命は弓川みたいだな」

片山は煙草を灰皿でもみ消し、立ち上がった。

「じゃ、俺はこれで。何か分かったら、また知らせる」

「ありがとう。今度、向島で芸者でもおごるよ」

「いいよ。俺、ヘビメタだから」

その心は、邦楽は苦手……片山は渋い顔で言って、立ち去った。

「仁科と弓川の過去を徹底的に洗おう。それしかない！」

イングリは闘志満々で宣言した。

確かに、そうすれば過去のどこかで、二人の接点が見えてくるかもしれない。

それにしても、片山は五十代半ばくらいに見えた。イングリは四十ちょっとに見える。

片山がイングリの中学の時の舎弟だとしたら、二人の年齢は、本当はいくつなんだ？

俺は「重要参考人で引っ張られるところを、助けてやったんだから」と恩着せがましく言われ、またしてもイングリに協力することになった。いやだけど、断ると後が恐いから、仕方ない。

するとどういう巡り合わせか、大学の同級生の滝本優花《たきもとゆうか》が電広堂で働いていることを思い出した。といっても社員じゃない。派遣でコンピューター業務をやっているのだ。

俺は「ランチおごるから」と滝本を呼び出して、仁科のことを話題に出した。「実は俺、ミステリー書こうと思ってんだ」

「ホント？　すごぉい」

「だから、取材させてくれないかな。やっぱ、ホントの事件て、迫力あるからさ。出来るだけ本物のテイストを取り入れて書きたいんだ」

「うん、いいよ」

滝本は昔からバカだが素直で性格の良い奴だった。俺の言葉を疑おうともしない。ちなみに、俺は昔の仲間には「飲食店でバイトしてる」と言ってある。

「会社でもけっこう話題になっててぇ。仁科さんて、クールで格好良かったしい、仕事も出来たみたい」

滝本の話を総合すると、仁科は会社ではうまく猫をかぶっていて、ギャンブルで多額の借金があることは知られていなかった。社内でつき合っていた女もいないらしい。……これじゃ何の参考にもならないよ。

「何か、外車のディーラーの女の人と、トラブってたんだって？」

「みたい。私はよく知らないけどお、仁科さん、欠陥車売りつけられたって、怒ってたんだって」

滝本はデザートのマンゴー・プリンを三口《みくち》で平らげて言った。俺は自分のデザートを滝本の前に押しやって、もう一押し頑張った。

「ここ三ヶ月くらいの間に、会社で何か、事件起きなかった?」

「事件て?」

「何でもいいよ。変わったことなかったかな? 例えば、会社のコンピューターが一斉に誤作動したとか、誰もいないエレベーターの中から犬の遠吠えが聞こえたとか、社員食堂で食中毒が出たとか……」

「別にい。……受付の女の子が飛び降り自殺したのが、三月《みつき》くらい前?」

「あるだろッ⁉」

受付の女性は滝本とは別の派遣会社の社員で、遠山愛美《とおやままなみ》二十六歳。電広堂に派遣されて二年目だった。七月の初めに自宅マンションから飛び降りた。遺書はあったがごく簡単なもので、動機は不明だという。

まったくの当てずっぽうだが、仁科登と遠山愛美のそれぞれの死が、弓川佐知子と関係しているのではないだろうか? 佐知子が電広堂に仁科を訪ねてきたのは、遠山愛美が飛び降り自殺してから数日後らしい。佐知子の訪問と愛美の自殺の間には、何かのつながりが……?

「でかした、希ッ！」

滝本の話を報告すると、イングリは上機嫌でポンと肩を叩《たた》いた。

「いやー、すごいね。見直したよ。まさに、犬も歩けば棒に当たる、下手な鉄砲も数撃ちゃ当たる、だよねえ」

……ったく、ベタなたとえ使うなっつうの。

ともあれ、イングリは調査会社に電話して、遠山愛美の徹底的な身上調査を依頼した。これで、何か進展があるかもしれない。

イングリが通話を終え、受話器を置くと同時に、今度は携帯が鳴った。

「ああ、片山……」

携帯を耳に当てたイングリは、十秒後には「えっ」と声を上げ、大きく目を見開いた。そして、「まさか！」「本当？」「どういうこと？」等、こういう場合に人が口にしそうな台詞《せりふ》が、次々に聞こえてきた。

「……それで？　うん、分かった。ありがとう」

携帯を切って振り向いたイングリは、全身に緊張感がみなぎっていた。

「希、仁科のマンションのボヤ騒ぎ、あれ、自動発火装置が仕掛けられてたんだって」

「えっ？」

「つまり、仁科が殺された後、犯人が意図的に火事を起こしたわけさ」

「……証拠隠滅のためですか？」

「火事はボヤで消し止められている。自動発火装置を仕掛けるくらいの才覚があれば、もっと火力を強くすることだって出来たはずだ」

「じゃあ、何のために？」

「……おそらくは、騒ぎを起こして、仁科の死体を発見させるために」

仁科のマンションから火が出たのは、十一時過ぎだという。俺はその頃、佐知子の車で家に送ってもらう途中だった。

「ねえ、海堂さん。やっぱり弓川佐知子はシロですよ。何かの理由で仁科を恨んでいたかもしれないけど、犯人はほかにいます。十一時まで千束にいた人間が、十一時に北新宿で人を殺すなんて、出来っこない」

イングリは眉間《みけん》にシワを寄せた。

「でも、あたしはやっぱり弓川佐知子が怪しいと思う」

見た者を石に変えてしまうような目が、俺をじっと見つめた。

「弓川は業界でも指折りのディーラーだった。当然、それなりに社会的地位もある。それが初対面のデリヘルの男を、いきなり自宅へ連れていくだろうか？」

「そうですか？」

「はっきり言って、どこの馬の骨とも分からない男に自宅を知られるのは、危険きわまりない。早い話が、そのことをネタに脅迫されるかもしれない」

俺としてはずいぶん心外な言いぐさだけど、考えてみればその通りかもしれない。今まで自宅に案内されたことは二度あるが、どっちも常連のお客さんで、顔馴染《かおなじ》みになってからの話だった。初対面でいきなり自宅というのはない。佐知子以外には……。

「やっぱり、現場を見ないことには始まらない。行ってみよう」

イングリはすっくと立ち上がった。

俺も続いて腰を上げた。

真っ赤なポルシェに同乗してまず向かった先は、北新宿にあるサニーサイド・パレス。仁科の住んでいたマンションだ。

新宿もそのあたりになると、歌舞伎町の繁華街とも西新宿のオフィス街とも違って、住宅街になる。小学校も二校ある。

サニーサイド・パレスは十階建て、築八年の中型マンションで、外壁は明るいグレーのタイル。ゆったりしたエントランスの前には植え込みがある。一言で言えば、落ち着いた雰囲気の上品なマンションだ。住民の専用駐車場は、地下にある。

ちょうど何かの工事が入っているらしく、オートロックが解除されてドアが全開になっていた。イングリと俺は玄関を入り、エレベーターで六階に上がった。だが、仁科の住んでいた五号室の前には黄色いテープが張られ、不法侵入が得意なイングリも、さすがに諦めるしかなかった。

「次は、千束」

弓川佐知子の住むメゾン・ソレイユは、ベージュのタイルで外装された、八階建て、築十年の中型マンションだった。ここも駐車場は地下。上品で落ち着いた雰囲気は、サニーサイド・パレスとよく似ている。

イングリは、今度は不法侵入ツールを使ってオートロックを解除した。そして玄関ホールからエレベーターへ。六階で降り、廊下の端から端へ歩く。五号室には弓川の表札が出ている。

イングリは表札の前で一分ほど立ち止まり、じっくり眺めてから、エレベーターに足を向けた。

「希、ここ、さっきのマンションと似てないか？」

扉が閉まってエレベーターが下降を始めると、イングリは言った。

「……海堂さんも、そう思いますか？」

仁科のマンションに入った時、おやっと思ったが、今一度佐知子のマンションに来てみると、はっきりした。十階建てと八階建て、外壁の色の違いはある。だが、エントランスから玄関ホール、エレベーター、廊下と部屋の玄関ドアなど、内部の造りはほとんど同じだった。

　イングリと俺はマンションを出て、外からもう一度建物を眺めた。すでに秋の日は暮れて、夕闇《ゆうやみ》が濃くなっている。

「夜見たら、グレーとベージュの違いなんて、分かりませんね」

「特に今は、東日本大震災の影響で照明が暗いからね。街灯も少ないし」

　夜の濃い闇の中に置けば、二つの建物は見分けがつかないだろう。周囲の風景も似たり寄ったりだ。

　イングリはポルシェに乗り込むと、シートベルトを締めながら携帯を掛けた。

「片山？　海堂です。悪いけど、仁科のマンションの住民名簿、会社にファックスしてくれない？　……うん。恩に着る」

　何となく、イングリの考えていることは見当がついた。でも、それはあり得ない。佐知子が仁科のマンションにも部屋を持っているなら、警察が真っ先に調べているはずだ。

　とりあえず、イングリの会社に戻った。

「片山から、あたし宛《あて》にファックスきてる？」

　社員がファックス用紙を持ってすっ飛んできた。

　イングリはファックスの文字を目で追っていたが、ある箇所でピタリと動きを止め、それこそ食い入るように文字を見つめた。

「行こう」

イングリはファックスを机の上に置き、低い声で言うと、立ち上がった。

再び訪れたのは北新宿三丁目、仁科のマンションだ。

イングリはエレベーターを六階で降り、廊下を進んで六〇三号室の前に立った。仁科の部屋の二つ手前だ。表札は出ていない。例によって、不法侵入ツールを鍵穴《かぎあな》に差し込む。

「か、海堂さん、人がいたら、どうすんですか?」

「いないね。とっくにもぬけの殻《から》さ」

玄関ドアが開いた。イングリは迷わず中に踏み込み、電灯のスイッチを入れた。

「……うそ!」

目の前の光景は、実際に見ても信じられなかった。寸分違《たが》わず、弓川佐知子の部屋そのままだ。インテリアも、家具も、ショーケースに飾られたバカラのグラスも。

イングリは振り返って俺を見た。

「弓川佐知子の部屋そっくり……だね?」

「はい」

イングリは周囲を見回した。

「弓川は最初から、全部計算していたんだ。北新宿と千束は、東京駅からだいたい同じ距離にある。夜の街を車で走れば、カーナビでテレビを観ているあんたは、どこを通っているか気にしない。着いた場所はそっくりのマンションで、部屋も完全に同じ。だから、北新宿を千束だと錯覚した」

だから事件の夜だけ、帰りも車で送ってくれたのだ。俺は夜も遅かったし、仕事の後で疲れていたしで、車に揺られているうちにうとうとして、起こされた時は家の近所だった。

後で分かったことだが、サニーサイド・パレスとメゾン・ソレイユは、同じ業者が建てたマンションだった。だから建物の外観も構造も内装も、そっくりなのだ。

「ところで海堂さん、この部屋、誰が持ち主なんですか？」

イングリは苦い薬を飲み下すような顔で答えた。

「……鷹野莉央」

その日の午後九時を回った頃、イングリと俺は再度、弓川佐知子の住むメゾン・ソレイユの前に立った。

「希、出番だ」

イングリにハッパを掛けられて、俺はオートロックのインターホンを押した。

応答に出た佐知子に、俺はデリヘルで使っている源氏名を名乗った。

「こんばんは、佐知子さん。秀です。僕、警察に疑われちゃって、困ってるんです。ちょっと相談に乗っていただけませんか？」

オートロックの入り口を通り抜けた俺とイングリは、六階に上がって佐知子の部屋のドアホンを押した。

薄めにドアを開いた佐知子は、俺の後ろに立つイングリを見て、不審な顔をした。すっぴんだった。普段綺麗に化粧しているせいか、素顔はやはり、五十二歳という年齢を感じる。

「どなたですか？」

「初めまして。この子の母でございます」

佐知子がギョッとして頬《ほお》を強張《こわば》らせると、イングリは笑顔を引っ込めた。

「冗談です。渚金融の海堂と申します。鷹野莉央の行方を捜しております。ご協力願えませんか？」

佐知子の受けた衝撃は、狼狽《ろうばい》になって現れた。

「そ……そんな人、知りません。誰のことです⁉　私は、何も知りません！」

佐知子はあわててドアを閉めようとしたが、イングリはドアと壁の間に足を突っ込むと、そのままアウトサイドのステップで一気に押し開いた。

「何するの！　警察を呼ぶわよ！」

佐知子はパニック状態で、ヒステリックに叫んだ。

「どうぞ、呼んでください。こっちから通報する手間が省けて、ちょうどいい」

佐知子は身をひるがえして、部屋の奥へ駆け込んだ。イングリは後を追って、ずかずかと部屋の中に入り込んだ。

佐知子はキッチンから包丁を持ち出し、両手で握って胸の前で構えた。

「出ていきなさい！　ここは私の家よ！」

俺は内心、よせばいいのにと思った。イングリに突きかかって、無様に包丁を取り上げられる佐知子の姿が、映画の予告編のように目に浮かんだ。

だが、イングリは何故か、痛ましいものを見るような目つきで佐知子を見て、静かな声で切り出した。

「弓川さん。あなたは業界ではよく知られた優秀なディーラーでしょう。ことここに及んで、みっともない真似《まね》をするのは、やめようじゃないですか」

佐知子は虚を突かれたような顔で、イングリを見上げた。

「勝負は終わったんです。私が鷹野莉央の名前を出した時点で、あなたには分かったはずですよ」

佐知子の身体《からだ》から、がっくりと力が抜けるのが分かった。包丁を構えていた両手をだらりと下げ、小さくため息を吐いてから、サイド・テーブルに包丁を置いた。

イングリはそんな佐知子の様子を見届けてから、再び口を開いた。

「もう、下手な嘘で時間を浪費するのはよしにしましょう。さっき、サニーサイド・パレス六〇三号室を見てきました。あの部屋の借り主は鷹野莉央です」

佐知子は黙って唇を嚙《か》み、うつむいた。

「それが、どうしてお宅とそっくり同じ内装なんです？　家具調度に至るまで」

佐知子は苦痛に耐えるような顔で、じっと足元を見ていた。

「あなたが仁科登を殺したわけは、だいたい想像がつきます。私が知りたいのは、鷹野莉央がどこまでこの事件に関わっているのか、それだけです。答えていただけませんか？」

佐知子は背けていた顔を正面に戻し、もう一度イングリと向き合った。

「……どうぞ、こちらにお入りください」

イングリと俺はリビングに通され、佐知子と向き合った。

「最初からお話しします。仁科登は性格異常者で、真性のサディストでした。私の娘は半年前、仁科の度重なる暴力と暴言で心を壊されて、自殺しました。私が仁科を殺したのは、恨みを晴らすためです」

佐知子は若い頃一度結婚したが、姑《しゅうとめ》との折り合いが悪く、離婚した。その際、一人娘は夫の側に引き取られた。佐知子は外車セールスの仕事に就き、努力と才能の結果、トップクラスのディーラーになった。

「娘は東京の大学に入り、上京して一人暮らしを始めました。それまでは元の夫と姑の反対で会うことは許されませんでしたが、娘が二十歳になったのを機に、連絡を取りました。幸い、娘も私との再会を喜んでくれて……」

親子の仲は親密さを増し、一緒に食事や買い物に出掛け、メールのやりとりも頻繁に行われた。

「娘はイベントのバイトで仁科と知り合い、親密になりました。平凡な女子大生の目には、一流企業に勤める仁科が素敵な大人に見えたのでしょう」

外車を買いたがっている仁科に、娘は母だということは内緒で、佐知子を紹介した。佐知子は娘可愛《かわい》さに、仁科に格安で外車を売ってやった。

だが、やがて仁科は正体を現した。度重なる暴力と言葉による虐待。追い詰められた娘は精神のバランスを失い、衝動的に死を選んだ。

「そんな男とは別れろ」と言うのは簡単だが、DVの被害者は多くの場合、加害者に精神的に従属してしまって、容易にその関係を断ち切れないそうだ。佐知子の娘も、仁科の奴隷のようになっていたのだろう。

「娘は、仁科に暴力を振るわれていることを、私にも隠していました。知られるのが恥ずかしかったのか……。遺書もありませんでした。だから、娘が何故死を選んだのか、まるで分からなかったんです」

娘を失ってから一ヶ月ほど後、仁科は別の女性を伴って佐知子の前に現れた。仁科は佐知子が前の恋人の母親だとは知らない。買ったばかりの車を下取りに出して、別の車を買いたいというのだ。

「その女性が、三ヶ月前に自殺した、遠山愛美さんですか?」

「ええ。私は恋人が自殺して一月《ひとつき》しか経《た》っていないのに、別の女性とつき合い始めた仁科に、不審を抱きました。それで、興信所に依頼して、仁科の行動を調べさせました」

そして、異常なギャンブル癖と嗜虐性《しぎゃくせい》に関する報告を受けた。

「娘の前に仁科とつき合っていた女性も、ひどいダメージを受けて、今も精神科に通院を続けているそうです。私は、手遅れにならないうちに、遠山愛美さんに忠告しようと思いました。でも、遅かった……」

佐知子は仁科に直接会い、その非道をなじり、娘に対する謝罪を要求した。だが、まるで相手にされなかった。反対に、名誉毀損《きそん》で訴えると恫喝《どうかつ》された。

「私は心を決めました。仁科のような男を生かしておくわけにはいかない、と」

佐知子は「興信所の調査報告書を買って欲しい。断れば、知り合いの週刊誌の編集長に渡す。一流企業社員による鬼畜の所業は、世間を騒がす大スキャンダルに発展するでしょう」と仁科を脅し、十五日の午後十時に、マンションの部屋で会う約束を取りつけた。

実際の犯行は、イングリと俺の推理した通りだ。よく似た二つのマンションと、双子のようにそっくりな部屋を使ったアリバイトリック。

「……それで、鷹野莉央は、どういう風に関わっているんですか？」

「鷹野さんは、私のお客様です。三年前に車を買っていただいたのがきっかけですが、不思議と惹《ひ》かれるものがあって、商売抜きのおつき合いをさせていただいております」

佐知子はほんの少し言いよどんでから、先を続けた。

「鷹野さんは……尋常な人とは思えませんでした。大勢のお客様を見てきましたので、何となく、ピンときたんです」

「天才的な詐欺師だと？」

イングリの言葉に、佐知子はびっくりして目を見張った。

「そこまでは……。でも、普通の人ではないのは分かりました」

遠山愛美が自殺した後、佐知子は思いあまって、仁科との経緯《いきさつ》を鷹野莉央に打ち明けた。

「鷹野さんは、その時はただお悔やみの言葉を仰《おつしや》っただけでした。でも、十日ほどしてから、ふらりと営業所に訪ねてみえて……」

まるで世間話でもするような口調で佐知子に言った。

『弓川さん、私、サニーサイド・パレスに部屋を借りたの。六階の三号室よ。でも、しばらくヨーロッパに行くことになったから、あなた、その間使ってくださってけっこうよ。内装は、あなたのお好きなように模様替えするといいわ。半年は留守にすると思うから、その間にね……』

そして、佐知子の前に鍵を置いて、出ていった。

「サニーサイド・パレスは、仁科の住んでいるマンションでした。すぐには何のことか分かりませんでしたが、鷹野さんの行動には必ず意味があるはずです。とりあえず、サニーサイド・パレスに行ってみました。そして、彼女の意図するところが分かりました。あのマンションは、うちのマンションとよく似ていました。うまくすれば、あの部屋をこの部屋と思わせることが出来る……。そう思った瞬間、今度の計画を考えついたんです」

仁科と同じマンション、同じ階にある六〇三号室の名義は鷹野莉央。まさかそこを弓川佐知子が又借りしていたなどと、誰が思うだろう。警察だって、気がつかなかった。

「鷹野莉央は、今、どこにいますか？」

「分かりません」

佐知子は、真っ直ぐにイングリの目を見返した。

「海堂さんと仰いましたね？　鷹野さんは私に同情して、知恵を貸してくれました。でも、犯罪には関係していません。鷹野さんに迷惑が掛かるようなことだけは、どうか、なさらないでください」

それから、俺の方を見て、頭を下げた。

「秀君。あなたには迷惑を掛けたわね。本当に、ごめんなさい」

俺が「いえ、どうも……」と、口ごもると、イングリがバカにしたような顔で言った。

「いいんです。どうせこいつは、不純な目的に利用される生業《なりわい》ですから」

「どういう意味ですか？」

「人間の業《ごう》のはけ口だね」

「はあ？」

「つまり、人生の公衆便所みたいなもんさ」

おい、俺が便所ならお前は何だよ、特大の浣腸か……⁉　と言いたい気持ちをぐっと抑えている間に、イングリは鞄を持って立ち上がった。

「弓川さん、あたしは宗教家でもないし、学校の先生でもない。きれい事は言いません。仁科のような奴は、殺されても仕方ないと思ってます。生きていれば、犠牲者が増えるだけですからね」

俺も佐知子も、驚いてイングリの顔を見上げた。

「このままシラを切り通すのも、警察に出頭してすべてを明らかにするのも、あなたの判断にお任せします。ご自分で決めてください」

そして、俺に「さあ、帰ろう」と促した。俺はイングリの後に続き、玄関に向かった。

「待ってください」

佐知子が後を追ってきた。

「私、決めました。警察に行きます」

イングリは最初から分かっていたような顔で、黙って頷いた。

「このまま私が罪に問われることなく逃げおおせたら、仁科のやったことは闇に葬られます。娘の死も、遠山愛美さんの死も、原因不明の自殺で片づけられて終わりです。今まで、逮捕を免れることばかり考えて、そのことに思い至りませんでした」

佐知子の目に、うっすらと涙が浮かんだ。

「私は法廷で、すべてを明らかにします。仁科のやったことも、娘や、犠牲になった女性たちの無念も」

佐知子は深々と頭を下げた。

「海堂さん、本当にありがとうございました」

イングリはひょいと肩をすくめて首を振った。

「あたしは何も」

そして、エレベーターに向かって大股《おおまた》で歩いていった。

「佐知子さんに、仁科の借金、肩代わりさせるんじゃなかったんですか?」

浅草ビューホテルの近くにある寿司《すし》屋で、遅い晩飯をおごってもらいながら、俺はイングリに尋ねた。

「そのつもりだったけど、本人が出頭するんじゃ、しょうがない」

純米吟醸《ぎんじょう》の冷酒を水のように飲みながら、イングリが答えた。

「海堂さん、本気で佐知子さんを見逃すつもりだったんですか？」

「当たり前。あたしは警察から給料もらってないし」

確かに、俺も佐知子に同情していた。仁科は直接手を下したわけではないから、二人の女性を死に追いやっても、罪に問われることはない。そして、仁科のような奴でも殺せば殺人犯で、一生その罪名がついて回るのだ。

「白身から順に握って」

刺身を食べ終えたイングリが、寿司屋の親父に言った。イングリはこの店の常連らしく、特に頼まなくても冷酒やつまみが出た。俺は回ってない寿司屋に入ったことはほとんどないのでよく分からないが、けっこう高級な店らしい。白木のカウンターは厚みがあって立派だし、ネタは鮮度抜群で美味《おい》しいし、寿司飯は赤酢を使っているとかで、ほんのりと色づいていた。

もしかして、ここの親父も舎弟なのか？

「そう言えば、鷹野莉央って人は、どうして佐知子さんに協力したんですか？　一文も得にならないのに」

「一つには純粋に同情したんだろうね。莉央も男にひどい目に遭わされてるから、弓川の娘の悲劇が、他人事《ひとごと》に思えなかったのかもしれない」

ヒラメの握りを一口でぱくりと食べて、イングリが答えた。

「もう一つは、先行投資……かな」

「はあ？」

「弓川は業界トップクラスのディーラーだ。良いお客を沢山抱えている。恩を売って弱みを握っておけば、後でたっぷり甘い汁が吸える」

「佐知子さんのお客を詐欺の獲物にするわけですか？」

イングリは頷いて赤貝の握りを口へ放り込んだ。

「……やっぱり、佐知子さん、出頭して正解だったんですね」

イングリは黙って頷いた。鷹野莉央のことを考えているのか、その横顔が愁いを帯びて、まるで悩めるイングリッド・バーグマンのようだった。

俺はぶるんと頭を振って、しおらしい幻影を振り払った。

だまされちゃいかん！　この女は、特大の浣腸なのだ！

第四章　海辺にて

十一月の終わりに、俺は房総半島へ二泊三日の旅行に行った。メンバーは俺と滝本優花と、劇団未来座の元研究生で、俺と同期だった翔太の三人だ。

翔太の叔父さん一家は、房総半島で漁師をやりながら民宿を経営している。暇だから友達を連れて遊びにおいでと誘いがあったので、おばあさんの引っかかった詐欺事件を解決してくれたお礼にと、翔太が俺を招待してくれたのだ。本当は解決したのはイングリだけど、ま、いいさ。

滝本は彼氏に振られたばかりで落ち込んでいたので、気の毒だから声を掛けてやった。雄大な海を眺めて新鮮な魚を食べれば、立ち直りの早い滝本は、すぐ元気になるはずだ。

ま、そんなわけで、叔父さんの民宿に荷物を降ろした俺たち三人は、海岸に出て、フランス映画のワン・シーンのように戯れていた。

すると前方から近づいてくる人影が……。

出たっ、イングリ！　こんなところでいったい何を……!?

「か、海堂さん。どうしたんですか？」

「あら、希。翔太君も、お久しぶり」

イングリを見た翔太は、最敬礼した。

「海堂さん、その節はお世話になりました！」

いくら事件を解決してくれたとはいえ、七割も上前をはねたんだから、別に感謝しなくても……。

「こんにちはぁ。初めましてえ。滝本優花ですぅ。希君と同じ大学に行ってましたあ」

おまけでついて来た滝本は、よせばいいのにバカ丸出しで挨拶《あいさつ》した。イングリはいかにも「なるほど、バカはバカを呼ぶ」という顔でにやりと笑った。

「わざわざ東京から、借金のカタに蔵でも押さえに来たんですか？」

イングリは浮かない顔で首を振った。

「それがとんだ野暮用でさ。初恋の人捜し」

「へええ。海堂さんにもそんな時代があったんですか。白亜紀・ジュラ紀の出来事みたいですねえ」

「お黙り。あたしじゃない、お客さんの話」

「えー、なんかァ、ロマンチックう」

　黙ってろ、滝本。

「それがそうでもないんだよ。雲をつかむような話だしね」

「海堂さん、僕らで何か、お役に立てるようなことはありませんか？」

　おいおい、翔太、余計なこと言うなよ……。

「そうだなあ。地元の方……五十二、三歳くらいで、こっちの中学校に通ってた方を知らないかしら？　特に女の人」

「あ、そんならうちの叔母さんです。叔父さんと、中学校の同級生だから」

「翔太君の叔父さんは、何をしていらっしゃるの？」

「漁師です。それと民宿もやってて、いわゆる〝獲《と》れ立ての新鮮な魚介類を満喫！　これで何と一泊九千八百円！　驚きの漁師宿〟です」

　うわー、やめろよ、翔太！

「ほんとォ？　あたし、今日はそこへ泊まろうかな」

と、イングリ。ほら、見ろ。言わんこっちゃない！

「実は十五年来のお得意様で、ＩＴ企業の社長がいるのよ。その人が会社興す時、うちが融資して、それ以来のおつき合いなんだけどね。仮にAさんとしとこう。実はAさんは肝《かん》臓癌《ぞうがん》で、もう身体中《からだじゅう》に転移して末期の状態なわけ。本人もそれは承知で、覚悟も出来てるし、あたしがタッチ出来ることじゃないから、それは置いておく。で、Aさんは一つ心残りがあるんだって」

Aさん……紛らわしいから本名を出してしまうが、矢作夏彦《やはぎなつひこ》という人だ。俺は初耳だけど、経済誌を読んでる人にはお馴染《なじ》みの名前らしい。矢作さんは小学生の時、初恋をした。ずっと淡い想いを抱き続けていたが、相手の少女は中学の時、転校して街を去り、以来一度も会ったことはない。その少女の行く末が気に掛かるのだそうだ。今、幸せに暮らしているならそれでいい。しかし困っているなら、力になりたい……つまり経済的に援助したいということだ。

ただ、困ったことに癌の影響で記憶障害もあり、矢作さんは少女の名前を思い出すことが出来ない。「まっちゃん」と呼んでいたことは覚えているが、それ以上は記憶がないという。

手がかりは二つ。ピンぼけ写真と「まっちゃん」という愛称だけ。

「何で四十年近く会っていない女に、そんな気持ちになるんですかね？　ものすごいデブのおばさんになってるかもしれないのに」

「ほんとぉ。それに、末期癌じゃ、セックスも出来ないでしょ。会ったって、しょーがないんじゃないの？」

滝本が豪快に伊勢エビの鬼殻《おにがら》焼きにかぶりつきながら言った。往《い》きの電車の中では「彼を失ったショックで、何も食べたくない」と言っていたのに、ホント立ち直りの早い奴だ。

ちなみに、今は晩餐《ばんさん》の真っ最中。イングリが札びら切ったもんだから、翔太の叔父さんは張り切って、アワビ・伊勢エビ・金目鯛、その他豪華海の幸の舟盛りを用意してくれて、気分はＩＴ長者だ。これでイングリがいなきゃあ、最高なんだが。

「墓に金持って入るわけにいかないから、生きてるうちに全部使い切っちゃえってことだろ」

「そんなら、うちの劇団に投資してくれればいいのに」

翔太は新劇団設立のために、ガテン系のバイトを掛け持ちしているのだ。

「ま、その気持ちは本人でなきゃ分かんないと思うけど……」

イングリはアワビの刺身を口に運びながら言った。翔太の叔父さんの家は民宿だけど、一応浴衣は用意してある。湯上がりで浴衣に羽織姿のイングリは、高利貸しにはとても見えない。じゃあ、何に見えると言われても困るけど。

「会社が成功して洪水みたいに金が入ってきて、この世に不可能はないと思ってオレ様やってたら癌になって、どうにもならない運命を思い知らされた。……それで、諸行無常を感じたのかもしれない」

「諸行無常を感じると、遠い昔の初恋の女性と援助交際するんですか？」

「だからさあ、他の女はみんな金がらみだったわけじゃない。三回結婚して三回離婚して、最後は慰謝料で縁切りでしょ。後は推して知るべし。その中で、唯一金と結びつかない女性が、初恋の人だったわけさ」

「……なるほど」

そこへ、翔太の叔父さん夫婦が挨拶に現れた。叔父さんはがっしりした体格の、いかにも漁師らしく陽《ひ》に焼けた健康そうな人で、奥さんは小柄で丸顔。二人ともおおらかで優しそうな感じだ。年齢はどちらも五十三歳。

言い忘れたけど、翔太の名字は宇佐見《うさみ》で、叔父さんは翔太のお父さんの弟に当たるから、宇佐見さんだ。

「この度は、こんな殺風景な田舎町にようこそお越しくださいました」

一通りの挨拶が済むと、イングリは叔父さん夫婦に写真を見せた。白黒の古ぼけた写真で、お下げ髪にセーラー服姿の少女が写っていた。ピントが合っていないみたいで、何となく可愛《かわい》いような印象だけど、細かな目鼻立ちはよく分からない。

「あ、この制服は北浦《きたうら》中学だから、私らにはちょっと分かんないねえ」

写真を一目見るなり、叔母さんは言った。

「この近辺には、北浦中と南浦中《みなみうら》があって、私も女房も南浦なんですよ。だから、北浦出身の人に聞いた方が分かると思いますよ」

「叔父さん、その北浦中の人に、知り合いいない？」

「そうだなあ……。あ、きむらや旅館のご主人」

「だめだめ。今、研修で中国だから」

　叔母さんがすかさずダメを出した。

「ホテル岡野《おかの》の女将《おかみ》さんは？　確か、北浦中だって聞いたけど」

「……そうか。忘れてた」

　というわけで、イングリは次の日、宇佐見さん夫婦の紹介でホテル岡野を訪ねることになった。


　翌朝、俺と翔太と滝本はまだ暗いうちから起き出して、叔父さんの操縦する漁船に乗り、漁に出た。獲れ立ての新鮮な魚は朝食の食卓へ……と言いたいところだけど、あんまり水揚げはなくて、朝ご飯はアジの干物と卵焼きだった。朝食後、イングリは叔母さんの案内でホテル岡野を訪ねることになっていたが、翔太と滝本が「一緒に行く」と言い出した。

　何故《なぜ》だッ⁉

「だって、ホテル岡野の女将さんて、元ＣＡで、『美人女将の宿』でテレビにも出たんだって。俺、見たい!」

「美人女将ったって、ここの叔父さん叔母さんと同い年なんだろ。もうおばさんじゃん」

「俺、年上の女、けっこう好き」

おい、翔太、それが本気なら俺が仕事回してやるよ。その上でなお同じ台詞《せりふ》が言えたら、お前、すごいよ。

「ホテル岡野って、大浴場があるんだって。私、ちょっと入りたーい」

滝本、お前は銭湯に行け。

んでもって、結局俺もイングリのお供をする羽目になってしまった。一人で民宿に残っててもつまんないし。まったく、このバカどもが!

ホテル岡野は十階建てのビルで、こんな小さな町にしては立派な構えだった。

「ここの家は元は網元だったのよ。岡野屋っていう大きな旅館だったんだけど、旦那《だんな》が今の女将と結婚してからホテルに建て替えてね。バブルの頃は団体客が引きも切らずで、そりゃあ繁盛してたのよ」

「……ってことは、今は繁盛してないんですか?」

「まあ、この辺じゃ頑張ってる方だけど、何しろ日本中が大不況でしょう。観光名所だって苦戦してるんだから、うちらみたいに海しか売り物のないところは、厳しいわよねえ」

叔母さんからそんな話を聞いていると、女将さんがやって来た。

「どうも、初めまして。当ホテルの女将、岡野百合《ゆり》でございます」

女将さんはにこやかな笑顔で深々と頭を下げた。美人女将というから、派手な着物を着た厚化粧の中年女と予想していたのだが、現れたのは、ショートボブの髪に薄化粧、マニッシュなブレザーとスカート姿の、さっぱりした感じの人だった。一言で言えば吉永小百合タイプ。美人で上品で優しそうで可愛らしさがあって、芯《しん》が強くて頭も良さそう。俺たちみたいなおまけの有象無象にまで、優しい笑顔でインスタントじゃないコーヒーを振舞ってくれたのだ。

「お忙しいところを、突然お邪魔して申しわけありません。実は、ちょっと事情がありまして、人を捜しているのですが……」

イングリも殊勝に挨拶して、およその事情を説明した。

「……それはお気の毒に。わたくしでお役に立てるなら、協力させていただきます」

おかみさんは写真を受け取り、しばらくじっと見つめてから、顔を上げた。

「まっちゃん……と呼ばれていたのですね？」

「どなたか、心当たりがおありですか？」

イングリが身を乗り出した。

「もしかしたら、高槻《たかつき》まり子さんのことではないでしょうか？　北浦中の同級生で、今は隣町でスナックを経営している人です」

イングリはもちろん、俺たちまで身を乗り出した。

「ご本人に会って、確かめたいんですが？」

「スナックは深夜営業ですから、まだ寝ているかもしれません。四時頃には開店準備で店にいるはずですから、その頃いらしたらいかがでしょう？」

そこへ、フロント脇のドアから五十代半ばくらいの男が現れてロビーを横切ろうとしたが、俺たちに気づいて立ち止まり、軽く頭を下げた。普段着のジャンパー姿だが、どことなく品が良い。

「あら、お出掛けですか？」

女将さんは俺たちに断って席を立ち、男と立ち話を始めた。話はすぐに終わって、女将さんは席に戻ってきた。

「すみません。主人なんです」

「いえ、こちらこそお邪魔してしまいまして」

「まり子さんには、こちらから電話しておきますから、大丈夫ですよ」

親切な女将さんに高槻まり子の経営する「スナック・マリリン」の地図まで書いてもらい、俺たちはホテル岡野を後にした。

いやー、それにしても、同じ女でもこうも違うもんかね。あの女将さんが文字通り百合の花なら、イングリはブルドーザーだ。

イングリは「ちょっと調べ物」と言って、俺たちと別れて市役所に向かった。

残された俺たちは、どうやって時間を潰《つぶ》そうか考えた。狭い町だし、昨日一通り歩いたから、もう見るべきものは何もない。

「やっぱ、身体動かそう」

ガテン系の翔太が言った。

というわけで、俺たちはホテル岡野に引き返し、娯楽室で卓球をやった。ここの娯楽室は入場料三百円を払えば宿泊客以外も使わせてもらえるのだ。

温泉と言えば卓球……。温泉はないけど、ローカルな旅の宿には卓球がよく似合う。俺と滝本のペア対翔太の勝負は、けっこう盛り上がった。

一時少し前に、メシを食いに行こうとホテルを出た。

その時、黒塗りの乗用車が車寄せに止まった。運転手がドアを開けると赤いスーツを着た女が車から降り、反対側のドアからは午前中に出掛けたホテルの主人・岡野が降りてきた。

岡野は先に立ち、腰を屈《かが》めて女をホテルの中に案内した。入り口では女将の百合が最敬礼で女を出迎えていた。

ちらりと顔を見ただけだが、非常に目立つ女だった。イングリがバーグマンで百合が吉永小百合なら、その女はエリザベス・テイラーかもしれない。ゴージャスで力強く、世界を足下にひれ伏させてやる……という迫力に満ちた美貌《びぼう》だった。こんなローカルな町で見掛けるタイプじゃない。

「翔太、あれ、誰？」

「知らない」

その時俺が感じた小さな胸騒ぎは、やがて接近遭遇する大暴風雨への予感だったのかもしれない。


午後四時、俺と翔太と滝本の三人は、イングリにくっついて隣町のスナック・マリリンへ行った。別に行きたかったわけじゃないが、三時頃から叔父さんの漁師仲間、あるいは民宿仲間のおっさんたちが宇佐見家にやって来て、叔母さんも交えて何やら密談を始めちゃったので、何となくいづらくなって出てきたのだ。

マリリンはよくある田舎のスナックってタイプの店で、小さくて適当にダサくてカラオケありだった。ママの高槻まり子は、若い頃は可愛かったのだろうが、今は水商売の垢《あか》がついたタヌキ顔のおばさんで、それがいかにもこの店に相応《ふさわ》しかった。

「あら、これ、あたし！　懐かしいわあ！」

イングリが写真を見せると、まり子はぐるりとアイラインで囲んだ目を大袈裟《おおげさ》に丸くして、一オクターブ高い声を出して喜んだ。

「ところで、矢作君は元気なんですか？　クラス会にも一度も来ないし」

詳しいことは岡野百合から聞いていないらしく、無邪気な顔でイングリに尋ねた。

「いえ、それが、実は……」

イングリが遺産のことも含めた事情を説明すると、さすがにまり子はシュンとした。

「……そうなんですか。あの、あたし、お見舞いに行った方がいいですか？」

「それが、ご本人は会いたくないそうなんです。ご病気のせいでかなり面変わりされていて、その顔を見られたくないと……」

まり子はまたシュンとして、うつむいた。

「それじゃ、お手紙でも差し上げたいんですけど……どうでしょう？」

「それは良い考えですね。矢作さん、きっと喜ばれると思いますよ」

まり子はホッとした様子で少し笑顔になった。涙で目が潤んでいる。単純だけど、気の良い人なんだと思う。

まり子はイングリに何度も礼を言い、俺たちはマリリンを出た。

夜は宇佐見家に帰って夕食。今夜も海の幸満載だ。昨夜と似たり寄ったりのメニューでも、まだ二日目だから全然飽きない。

イングリは金目鯛《きんめだい》の煮つけを口に運びながら、ポロリと漏らした。

「ねえ、希、この町って何か……」

が、みなまで言わず、途中で言葉を飲み込んだ。

「何ですか？　話とウンコは途中でやめないでくださいよ。気になるじゃないですか」

そこへ滝本がしゃしゃり出た。

「あたしい、さっきからずっと思ってたんだけどお、この町の人って、なんか、妙にそわそわしてない？　遠足の前の日みたく」

「実は、あたしもそう思ってたんだよ」

イングリは少し首をかしげて、考えるポーズになった。

「浮き足立ってるというか……妙な熱気がある。バブル前夜みたいな。言っちゃ悪いけど、どこにでもある辺鄙《へんぴ》な漁師町で、このご時世に、そんなにウキウキするようなことがあるとも思えないんだけど。心当たり、ある？」

聞かれた翔太も首をひねった。

「別に……ないですねえ。温泉や石油が湧《わ》いたって話は聞かないし、ディズニーランドが移転してくるわけないし」

そこへ、宇佐見夫婦が「地獄鍋《なべ》」を運んできた。新鮮な魚介の入った鍋に、熱く焼けた石を入れて、残酷だけど美味《おい》しい鍋物が出来上がる、あれだ。

「最近、地元で何か良いことでもあったんですか？」

イングリは水を向けたが、宇佐見夫婦は「いやあ、別に」と答えて、素早く目と目を見交わした。これは絶対、何かある。

「もしかして、町興しのイベントとかあるんですか？　今日、ホテル岡野に、黒塗りのベンツに乗ったゴージャスな女の人が来てましたけど」

宇佐見夫婦は一瞬困ったような顔をしたが、叔父さんの方が答えた。

「あれは岡野さんとこの経営コンサルタントですよ。東京に事務所を持ってる先生で、鷹野さんとかいう……」

その名前を聞いた途端、イングリの顔色が変わった。

「今、何と仰《おつしや》いました？」

「え？」

「東京の経営コンサルタント。鷹野……鷹野莉央ですか？」

「はあ、確か、そんな名前です」

……あれが鷹野莉央。イングリの捜し求める天才詐欺師だったのか。俺は思わずイングリを見た。イングリは黙って空になった猪口《ちょこ》を見下ろしていた。きっと頭の中では、考えを巡らしているのだろう。

と、いきなり玄関で男の声がした。

「ごめんください。宇佐見さん、夜分にすみません」

「はーい！」

あわてて応対に出た叔父さんが、すぐに緊張した面持ちで戻ってきた。

「海堂さん、今、警察の方が……」

「私にですか？」

イングリが部屋を出ていったので、俺と翔太と滝本も後に続き、こっそり障子の陰から様子を覗《のぞ》いた。

警察から来たのは初老の刑事が一人だけだった。ドラマみたく、いつも二人で行動しているわけじゃないんだな。

「今日の四時頃、スナック・マリリンに行きましたね？」

刑事は淡々と質問し、イングリも淡々と答えた。形式通りのやりとりの後で、イングリが尋ねた。

「高槻まり子さんに、何かあったんですか？」

「……殺されたんですよ。店の常連客が死体を発見しました」

アイスピックで心臓を刺され、即死だった。開店準備で氷を砕いている途中だったらしく、カウンターの中にはアイスペールと解け掛かった氷の塊が残っていた。店内に物色された様子はなく、物盗りの犯行ではない。

死体が発見されたのは五時半。イングリと俺たちが店を出たのは四時半くらいだから、生きている高槻まり子を最後に見たのは、犯人を除けば俺たちということになる。

イングリは店に名刺を置いてきたし、昨日からけっこうあちこちに顔を出していたみたいで、警察はたちまち所在を突き止めたというわけだ。

普通なら、最後に被害者に会っているイングリは、容疑者リストのトップに来るはずだ。ところが、幸いにも俺たち三人が一緒にいたから、容疑者リストから外れることが出来た。これを恩に着せない手はない。

刑事が帰ると、俺はイングリにそっと耳打ちした。

「ねえ、海堂さん。ここは一つ、太っ腹なとこを見せて、翔太からはねた上前、返してやってくださいよ。それくらいしてくれたって、いいでしょ？」

「……考えとく」

イングリはあっさり答えた。何か、上の空だ。

「宇佐見さん、奥さん、お話があります」

部屋に戻るとイングリは居住まいを正し、宇佐見夫婦をきっと見据えた。

「東京の経営コンサルタントという触れ込みでホテル岡野にやって来た女、鷹野莉央……彼女は、本当は詐欺師です。二十年近く前から大きな詐欺事件を裏から操って、大勢の被害者を泣かせてきたんです」

宇佐見夫婦は明らかにびっくりして、動揺した。

「そんな、バカな……」

「鷹野先生は、この町のために誠心誠意やってくださってるのに」

「宇佐見さん、詐欺師が被害者をだます第一歩は、誠心誠意です。それで信用させて、お金を引き出しにかかるんです」

「叔父さん、叔母さん、本当です。実は、おばあちゃんが詐欺に遭って……」

翔太はおばあさんが被害を受けた、介護詐欺の顚末《てんまつ》を話した。

「私は鷹野莉央がこの町で何を企んでいるのか、具体的なことは何も知りません。でも、彼女が直々に乗り出している以上、みなさんを巻き込んだ、大がかりな犯罪を計画していると見て間違いありません」

先に、叔母さんが不安そうな顔になった。

それを見て、イングリは叔母さんの方に身を乗り出した。

「奥さん、どうか手遅れになる前に話してください。最近、この町に何かうまい話が持ち込まれたはずです。思ってもみなかった幸運によって、町全体の運命が変わってしまうようなプロジェクトが、始まろうとしていますね？」

叔母さんは叔父さんを見て、同意を促すように膝《ひざ》に手を置いた。叔父さんも、諦《あきら》めたような顔で頷《うなず》いた。

「……レアメタルです。北浦岬から二キロ沖の海底に、インジウムが埋蔵されていることが政府の極秘調査で発見されたと……」

インジウムは液晶パネルの電極材に欠かせない金属で、価格は上昇の一途をたどっている。

「鷹野先生の親友が政府関係の調査会社の技師で、内密に情報を流してくれたんだそうです」

鷹野莉央の仕事に抜かりはない。航空写真、海底写真、表やグラフなどの資料を見せて町民を信用させた上で、レアメタル発掘会社の株が上昇間違いなしだからと、購入を勧めた。さらに……、

「発掘と開発が始まれば、この辺一体は漁業どころではなくなる。観光地としての営業は先細りだから、いっそ都心から近い地の利を活用して、介護施設を作り、東京の老人の受け皿を目指そうと……」

元々ホテルや旅館や民宿など、ハードウェアは完備しているので、後はソフトウェアを導入すれば、ショート・ステイ、長期介護、リゾートとしての利用など、幅広い分野での受け入れが可能になる、と莉央は説明した。

「ソフトウェア……まあ、人手のことですね。それはちょっと訓練すれば問題ないからっ

て、四〜五人ずつのグループで海外へ研修旅行へ行かせてくれたんです。男性は中国、女性は韓国へ。もちろん、費用は向こう持ちで」

叔母さんは先月韓国へ行った。そして、叔父さんには内緒だったが、実は病院見学は一度だけで、ほとんどのスケジュールは「冬のソナタ」のロケ地を巡るものだった。叔母さんグループが感激したのは言うまでもない。

きっと、男性グループの中国研修旅行も、介護とは関係のないお楽しみ旅行だったに違いない。今は超のつく円高だし、ウォン安だから、海外旅行の費用も格安だ。莉央は少ない投資で、最大の効果を期待出来たわけだ。

「ただ、土地の登記を介護産業用に申請し直さないといけないと言われました。旅館や民宿では厚生労働省の許可が下りないからと」

イングリは黙って宇佐見夫婦の話を聞いていたが、そこで大きく頷いた。

「……分かりました。鷹野莉央の狙《ねら》いは二つ。怪しげな株券で現金を、介護施設にこと寄せて登記簿を書き換え、土地建物をだまし取るつもりです」

イングリは莉央のだましのテクニックを具体的に解説した。宇佐見夫婦は見る見る蒼《あお》ざめ、おろおろして目を宙に泳がせた。

「い、いったい、どうしたら……?」

「とにかく、鷹野莉央の提案に一切乗ってはいけません。町のみなさんにも、至急このことを連絡してください。そして、警察に……」

言い掛けて、イングリは言葉を飲み込んだ。

「海堂さん?」

イングリは眉間《みけん》にシワを寄せて眉《まゆ》をひそめ、ほんの少し気弱な顔を見せた。

「……殺された高槻まり子も、株や介護の話に投資していたんだろうか?」

イングリが何を心配しているか、察しがついた。まり子が詐欺事件の被害者なら、犯人は鷹野莉央の可能性がある。何かで真相に気がついたまり子が騒ぎ立て、口封じのために殺された……という筋書きだ。

「隣町のスナックのママさんは、関係ないと思いますよ。レアメタルの話は、この町だけの秘密だから」

叔母さんがあっさりと否定してくれた。

イングリははっきり分かるほど安堵《あんど》したが、それからまた眉間にシワを寄せて呟いた。

「それじゃ、高槻まり子はどうして殺されたんだろう?」

俺はあの、気の良いタヌキ顔のまり子を思い出した。人から恨みを買うタイプじゃない。一番ありそうなのは金目的の強盗だが、警察は物盗りの犯行ではないと断定した。

ということは、やはり例の矢作の遺産が関係しているんじゃないだろうか?

だって、他に考えられない。ローカルな町で細々スナックを経営していた女が、ある日突然殺された。ちょうどその日に、思いがけない大金が入る話がもたらされた。こんな二つの偶然が重なるなんて、普通、あり得ないでしょ。

翌日、大規模詐欺事件を警告する連絡で忙しい宇佐見夫婦の民宿を後に、イングリと俺たちはタクシーでスナック・マリリンへ向かった。

現場の捜査は昨夜のうちに終わったらしく、今は警官の姿はない。店のドアは閉まっていて、戸口には黄色いテープが張ってあった。たまに通りかかった人が足を止め、何だろうと眺めたりしていた。

そこへ、通りを向こうから歩いてくる女性が目に入った。岡野百合だ。白百合の花束を抱えている。俺たちを見ると驚いた顔をしたが、すぐに一礼してやって来て、花束を店先にそっと置いた。

「……可哀想《かわいそう》に」

百合は手を合わせ、しばし瞑目《めいもく》した。イングリと俺たちもそれに倣《なら》った。

「矢作君から良い知らせがある、あなたの写真を持った人が訪ねていくから、よく話を聞いてね……そう言ったら、すごく喜んでいたのに」

百合の話によれば、まり子は高校を卒業してから東京の会社に就職したが、水商売のバイトから入って本業のホステスになり、結婚して離婚。その後も店を転々として、最後は生まれ故郷へ帰ってスナックを開き……という、演歌の歌詞のような人生だった。だが、エンディングがサスペンス・ドラマになるとは夢にも思わなかっただろう。

　百合は宇佐見家まで送ると言って、運転してきたワゴン車に俺たちを乗せてくれた。

「そう言えば、鷹野の件、もう宇佐見さんから連絡は行きましたか？」

「ええ。主人は朝から大騒ぎで、あちこちへ電話を掛け回っています」

「大変ですね」

「でも、正直、私はホッとしているんです」

　百合は負け惜しみでも何でもなく、安心した顔をしていた。

「だって、あんまり話がうますぎるんですもの。主人も同業のお仲間も、みんな頭に血が上ってしまって、いくら忠告しても聞く耳持ってくれないし、どうなることかとずっとヒヤヒヤしていたんです。大きな被害が出る前に、本当のことが分かって助かりました。これでよかったんです」

「女将さん、お宅はどういう経緯で、鷹野の会社とコンサルティング契約を結んだんですか？」

「去年の初めに、経理を見てもらっている税理士が紹介してくれたんです。契約して三ヶ月後には、鷹野さんの提言で新しい団体客を獲得出来て、主人も私もすっかり信用してしまいました。だから、主人はあの人の話を鵜《う》呑《の》みにしてしまったんです」

イングリが鷹野莉央についてあれこれ話を聞いているうちに、車は宇佐見家に着いた。

民宿の前には車が何台も停まっていた。

宇佐見家に来ていたのは、同じ町の被害者（予備軍かな？　まだ本当の被害は出ていないみたいだから）たちで、男女合わせて十人ほどがちょうど帰るところだった。車から降りた俺たちと、玄関を出たところで鉢合わせした。

「ああ、百合ちゃん、ちょうど良いところへ……」

陽に焼けた化粧気のない中年女が、百合を見て小走りに駆け寄った。他の男女も近寄ってきて、口々に今回の儲《もう》け話が泡と消えてしまったことを嘆き、話を持ってきた岡野を罪作りだと非難した。

「まあ、いいじゃないの。岡野さんだって町のことを思って骨折ってくれたんだから」

一番後ろからやって来た宇佐見の叔母さんが、きっぱりと言った。

「そうだよ。内緒にして儲けを独り占め出来たのに、町のことを考えて、みんなに話を持ってきてくれたんでないの」

叔父さんの援護射撃を得て、叔母さんが締めた。

「良い夢見たと思えばいいんだよ。みんな、無料《ただ》で外国旅行させてもらったんでないの。赤の他人がボーナスくれたんだ。ありがたいことだよ」

叔母さんの言葉に、被害者予備軍たちも内心忸怩《じくじ》たる思いがあったのか、おとなしく納得した。

「翔太君の叔父さんと叔母さんって、ホント良い人だよねえ」

滝本が思わずそう漏らした。俺もまったく同感だ。職業柄、人のダークな面を見せられることが多いので、たまにこういう心温まる場面に出くわすと、けっこうジーンとしてしまう。

「ケッ。欲の皮つっぱらかすから、こういう目に遭うんだよ」

俺の感動をぶち壊すようなことを毒づいたのはイングリだ。幸い、被害者予備軍には聞こえなかったから良いようなものの。

みんなに挨拶して車に戻ろうとした百合に、先ほどの中年女が言った。

「そう言えば、まりちゃん、気の毒なことになったね」

「ええ。人から恨まれるような人じゃなかったのに……」

「ご両親、もう亡くなってるよね。遺体、どうなるんだろう？」

「分からないわ。ただ、お葬式だけでも、うちから出してあげようと思って」

「あんたたち、親友だったもんね」

百合の車が出ていく。俺はその時、イングリの神経のアンテナが、ピピッと反応したのを感じた。

「あのう、すみません。つかぬことをお尋ねしますが……」

　イングリは帰ろうとした中年女を呼び止めた。

「岡野百合さんと高槻まり子さんは、親友だったんですか？」

「そうよ。小学校からずっと一緒だし、二人ともお父さんを海で亡くして、母一人子一人だったから」

　中年女は小学校から中学まで二人と同級で、ある程度家庭の事情も知っていた。百合もまり子も、父親は漁師だったそうだ。

「あの頃は二人とも美少女で、『北浦のリンリン・ランラン』なんて言われてたわね。二人とも同じお下げにして、お揃《そろ》いの髪留つけたりして、知らない人が見たら姉妹だと思ったんじゃない」

　中年タヌキと吉永小百合が……女の歳月は残酷だ。

　しかし、イングリの関心は別なところにあった。

「岡野百合さんの結婚前のお名前、何と仰るんですか？」

「百合ちゃん？　松本《まつもと》ですよ。中学の時にお母さんが再婚して別の名前になったけど、一年くらいでお相手が亡くなって、また松本に戻りましたね」

　イングリは一人でホテル岡野へ向かった。俺は帰り仕度をしている翔太と滝本には内緒でこっそり民宿を抜け出し、チャリを無断借用してイングリの後を追った。

ホテル岡野に行き着く手前で、海に突き出した断崖《だんがい》の上で向かい合うイングリと百合の姿を発見した。まるで昔懐かしい二時間ドラマのラストシーンだ。俺はチャリを乗り捨て、二人に近づいた。

「……言いがかりです。私にはまり子さんを殺す理由なんか、ありません」

百合は少しうわずった声で言った。顔が強張《こわば》り、目が据わって、いつもの百合とは形相が変わっていた。イングリの後ろに立った俺の姿も、目に入らない様子だ。

「理由は、矢作さんの探し求めていた初恋の人が、まり子さんではなく、あなただったからよ。まり子さんは『まりちゃん』。『まっちゃん』は、松本百合……あなただった。こんなこと、同級生に聞けば簡単に分かりますよ」

「だからって、私が彼女を殺す理由にはならないわ」

「百合さん、警察を舐《な》めちゃいけません。今、科学捜査は進んでいて、あなたの毛髪・服の繊維片・足跡、すべて遺留品として調べられてるんですよ。犯行現場にあなたがいたことは、もう突き止められているかもしれない」

「それが何ッ⁉」

百合は追い詰められた獣のような目でイングリを睨《にら》んだ。

「何の証拠にもならないわ。私と彼女は同級生よ。たまに店に顔を出したって、何の不思議もないはずよ。そんなことで、何が証明出来るっていうの？」

イングリはやれやれ……という顔をして、大きなため息を吐《つ》いた。

「それじゃあ、仕方ありませんね。どうしてあなたがまり子さんを殺さなくてはならなかったか、その理由は、矢作夏彦さんに伺いましょう」

百合の身体が、電気ショックでも受けたようにびくっと震えた。

「記憶力が減退しているのは事実ですが、これまでの経緯を説明すれば、昔のことを思い出す可能性は大いにありますからね」

百合はしばらく身じろぎもせずに突っ立っていたが、やがて全身から力が抜けて、がっくりと肩を落とし、うつむいた。

「まり子がいけないのよ。せっかく大金を手に入れるチャンスを譲ってあげたのに、あの写真が私だって気がついて、矢作君に会いに行けなんて言うから……」

百合は顔を上げてふわりと笑った。悲しくなるような笑顔だった。

「矢作君に会えるわけがないじゃない。彼は、私が義理の父を殺すところを見ていたんだから……」

百合の目から、涙の滴がぽろぽろと落ちた。でも、顔は笑ったままだった。

「母と再婚したあの男は、世間では立派な人物で通っていた。大きな干物工場を経営して、病院や福祉施設に沢山寄付をして……。でも、仮面の下の顔は、異常で、変態で、完全に狂っていた」

子持ちの未亡人が篤志家《とくしか》の実業家に見初められて再婚……。幸運を絵に描いたような幸せな家庭生活が始まるはずだったのに、百合の母の顔色は冴えなかった。理由が分かったのは、母が再婚して三ヶ月目の、ある夜だった。

その夜、百合の勉強部屋にやって来た義父は、机の上に一枚の写真を置いた。それを見た時のショックは、四十年経《た》った今でも忘れられない。全裸で、あられもない格好に縛り上げられた母が写っていた。

「私はその夜、一睡も出来ずに布団の中で泣き続けました。でも、母に打ち明けることは出来なかった。それを娘に見られたと知ったら、母がどれほど傷つくか……そう思うと、黙って耐えるほかありませんでした」

だが、義父の異常な欲望は写真だけでは終わらなかった。それから一ヶ月後、百合は寝床から突然夫婦の寝室に引き立てられ、柱に縛りつけられた。そして、目の前で、裸に剝《む》かれて縛り上げられた母が、義父によって無惨に陵辱《りょうじょく》される姿を見せられたのだった。

「私は母に、別れてくれと頼みました。そしたら母は、もしこの家から逃げたら、裸の写真を町中にばらまくと、義父に脅迫されたと言いました。私たち母子は、どこにも逃げ場がなかったんです」

義父の異常性はエスカレートする一方だった。母をただ犯すだけでは満足しなくなり、器具を使ったり、特殊な責め具を用いたりして陵辱の度合いを強めた。

そして、一年近く過ぎたある夜、義父はいつものように母を散々になぶりものにした後、柱に縛りつけた百合の首を絞め、口の中に性器を押し込んで射精した。世界が崩れるようなショックと、身の毛もよだつおぞましさの中で、母の悲痛な叫びが耳を貫いた。

やめてください！ お願いです、娘だけはやめて！ 私は何でもします！ だから、娘は、百合はやめてください……！

「私はその時、はっきりと悟りました。もはやこの男を殺す以外、私も母も助かる道はないと」

翌日の夜、百合は義父を海岸に誘い出した。お母さんのいないところで、昨夜みたいなことをして……と言って。

断崖の上で、義父がズボンを下ろし掛けた時、百合は渾身《こんしん》の力を込めてタックルした。

義父はあっけなく、海に転落した。

「そこを、同じクラスの矢作君に見られたんです。夜釣りに行った帰りに通りかかったそうです。私は……警察に通報してもかまわないと言いました。そしたら矢作君は、まっちゃんがこんなことをするからには、深いわけがあるのだと思う、僕はそれを聞いても何もして上げられないかもしれない、でも、今見たことは絶対に誰にも言わないから、それだけは安心していいよって、そう言ってくれました」

百合は顔を覆い、声を立てて泣いた。そして、しばらくしてから顔を上げ、いくらか落ち着いた声で続きを話した。

「矢作君がせっかく昔のことを忘れているのに、余計なことをしたら思い出すかもしれない。それなのにまり子は、私が会いたくないのなら、自分が手紙を書いて会えない事情を説明するからって言い張って……」

過去の出来事が頭に甦《よみがえ》り、百合はパニックを起こし掛けた。その時、カウンターに置いてあったアイスピックが目に飛び込んだ。夢中でピックを握り、気がついた時にはまり子の胸に突き立てていた。

「大まかにでも事情を話してあげれば、まり子さんも無理強いはしなかったでしょう。彼女は、あなたの弱みを握って強請《ゆすり》を働こうなんて、そんな悪い人間じゃなかったはずですよ」

「……分かっています。まり子は気の良い人です。親切で、私のためを思って、矢作君に会うことを勧めてくれたんです。でも、私にはその親切が耐えられなかった。昔のことは全部、忘れたかった……」

イングリは百合に歩み寄り、ハンカチを差し出した。

「その男のことは忘れなさい。災難は空から降ってくるもんです。どんな善人の上にもね」

百合は小さく頷き、ハンカチで目を押さえた。

「でも、まり子さんのことは違う。あなたは何の罪もない女性、あなたの味方だった人を殺したんです。この罪は償わないと、あなたも義理の父親と同じ生き物になりますよ」

百合はハッと息を飲み、大きく目を見開いた。

「……そうですね。本当に、その通りです」

答えた時には何か憑《つ》き物が落ちたようで、昨日の百合に戻っていた。

百合は携帯を取り出し、一一〇番を押した。だが、イングリはその携帯をさっと横取りして、切ってしまった。

百合は驚いてイングリの顔を見た。

イングリは、慈愛に満ちたイングリッド・バーグマンのような表情になった。

「警察に行ったら、こう言うんです。矢作氏の伝言のことが気になって、まり子さんの様子を見に店に顔を出した。まり子さんは喜んで、前祝いに一緒に一杯やりましょうと言って、カウンターから出てきた。ちょうど氷を砕いている最中で、手にアイスピックを持ったままだった。まり子さんは絨毯《じゅうたん》の角に足を取られて転んでしまい、アイスピックが胸に突き刺さった。抱き起こした時にはすでに死んでいた。急に恐ろしくなって、そのまま逃げ出してしまった。何故あんな不人情なことをしたのか、今となっては分かりません。この罪は、どんなことをしても償いたいと思います。以上」

「でも……」

「いいんです。刑事や検事に何を言われても、これで通しなさい。まり子さんも、あなたがこれ以上不幸になることは望んでいません」

また、百合の目が涙で潤んだ。

「その代わり、あなたが生きている限り、まり子さんと矢作さんのことを覚えていてあげるんですよ。いいですね？」

「……はい。絶対に、忘れません」

百合は声を震わせて誓った。

イングリは百合の携帯のボタンを押し、手渡した。

「矢作さんの携帯に掛けました。声を聞かせてあげてください」

百合は携帯を受け取り、耳に当てた。涙が頰《ほお》を伝い、ポロポロと落ちていった。


イングリと俺は、もと来た道を引き返した。

すると前方に、黒塗りの大型ベンツが停まっていた。そのベンツの車体にもたれるように、真っ赤なスーツのエリザベス・テイラー、もとい、鷹野莉央が立っていた。

「莉央……」

イングリは立ち止まり、前方を睨んだ。莉央は口元に不敵な笑みを浮かべ、真っ直ぐイングリを見据えている。

俺は霊長類最強の女二人にビビりまくり、一歩後ろに下がってしまった。

「社長、お久しぶりです」

莉央はわずかに頭を下げたが、口元の薄笑いはそのままだった。

「ずいぶんと余計なことをしてくれましたねえ。お陰でこっちは大赤字ですよ。社長の懐が痛むわけでもないのに、どういう了見です？」

「莉央、あんた、いったいどうしたの？」

「は？」

「今回の手口だよ。いつもは法に引っかかる寸前で、うまいこと甘い汁吸ってたじゃないか。それが今度に限っては、荒っぽいもいいとこ。町ぐるみ詐欺に掛けたら、警察も検察も黙っちゃいないよ」

「おおきにお世話さま。私がサツに挙げられるようなドジ踏むわけないでしょう。打つべきところに手は打ってあるんですよ」

「強がるんじゃないよ。あんなザルみたいな手口じゃ、かき集めた金ごと塀の中に真っ逆さまさ。お前も落ちたもんだねえ。それとも尻《しり》に火がついて、荒稼ぎしないと丸焼けなのかい？」

「おあいにく。煤《すす》けてきたら、渚金融にでも金策に行きますよ」

莉央はフンと鼻で笑い、ベンツの後部座席に乗ると、車をスタートさせた。

「うわー、何か、すごい。ジャブの応酬でこれだから、二人が本気で打ち合ったら、マイク・タイソン対モハメド・アリくらいの迫力ですねえ」

だが、イングリはじっと走り去った車の方を見て、渋い顔をしている。

「……おかしい」

「何が？」

「莉央がさ。こんな穴だらけの仕掛けをして、捕まえてくださいと言わんばかりじゃないか」

自分で言っておいて、イングリは驚いた顔をした。

「……まさか？」

「？」

イングリに分からないことが、俺に分かるわけがない。この件に関しては、それから一言も説明してくれないので、フリーズだった。

東京に帰る電車の中で、俺は翔太に、イングリが七割はねた上前をいくらか返してくれそうだと打ち明けた。

すると驚いたことに、翔太は言ったのだ。

「それなら、とっくに返してもらったよ。手数料に一割引いて、残りは全部。利子代わりだってたっぷり説教食らったけど」

……そうなんだ。

第五章　銀行強盗は人助け

さて、暮れも押し迫った月曜日の午前中、俺は銀行のＡＴＭコーナーに並んでいた。二十五日じゃないので、客はあまりいない。

と、自動ドアが開き、目出し帽をかぶった男が飛び込んできた。手にライフルを持って……。

「銀行強盗だッ！　動くな！」

え？　普通、銀行強盗が自分で「銀行強盗だ」って、言う？

とにかく、行員も少ない客も、みんな一斉に手を上げて静止した。

すると奥の部屋のドアが開き、支店長らしき男と、何とイングリが出てきたじゃないか⁉

「支店長の朝比奈《あさひな》です。要求には従いますから、どうか落ち着いてください」

朝比奈という支店長は、勇敢に強盗の前に進み出て、なだめるように言った。だが、強盗は朝比奈から逃れるように横へ移動し、イングリの前へ来てしまった。二人の身長差は十センチ以上ある。目の前の女のデカさに逆上したのか、よせばいいのに強盗は、イングリの胸に銃口を突きつけた。

次の瞬間、強盗はイングリに一ひねりされ、熱で溶けた飴《あめ》細工のようにぐにゃりとなった……と思ったら、違った。イングリは指一本動かさず、珍しい生き物でも見るような目で、強盗をじっと見下ろしていた。

強盗は肩に掛けていたスポーツバッグを下ろすと、ATMに並んでいた客に向かって放《ほう》り投げた。それは必然的に、列の一番後ろにいた俺に当たった。

「バッグを持って、こっちへ来い」

俺は本当はいやだったけど、イングリが頷《うなず》くので、仕方なしにバッグを拾って強盗に近づいた。イングリ、どうしておとなしくしてるんだよ?

「カウンターにある金を集めて、このバッグに詰めろ」

「バーカ」

もちろん、これはイングリの台詞《せりふ》。俺も強盗も、驚いてイングリを見た。イングリはあさっての方を見ながら、俺と強盗にだけ聞き取れる低い声で、はっきりと言った。

「カウンターにあるのは、はした金。大金は金庫の中だよ。支店長に命令して、金庫の鍵《かぎ》を開けさせな」

「で、でも……」

「強盗に入っといて、今更ビビるんじゃないよ。五千円盗《と》っても、五十億盗っても、強盗は強盗。罪は大して変わらないんだからね」

「は、はい」

さらにイングリは、強盗に何やら耳打ちした。

強盗は朝比奈の方を向き、「金庫の鍵を開けないと、この女を殺すぞ」と、何となく申し訳なさそうな口調で言った。

朝比奈は緊張した顔で「分かりました。何でも言う通りにしますから、くれぐれもお客様や行員に危害を加えないように、お願いします」と答えた。

強盗はキョロキョロと行内を見回し、声を張り上げた。

「全員、携帯電話の電源を切って、前に出せ！」

それから俺に、全員の携帯を集めてバッグに入れて戻ってこいと命じた。

これ、イングリの入れ知恵でしょ。

金庫室に向かう朝比奈の後について、イングリは歩き出した。それに合わせて、強盗も一緒に進む。そして、どうしてこうなるのか、俺はイングリに襟首をつかまれ、引きずられるようにして同行する羽目になった。

俺は関係ないったら！

金庫室に入ると、朝比奈は大金庫の前に立ち、コンピューターのボタン入力とダイヤル操作で施錠を解除した。開いた扉の奥には札束が鎮座している。

灯《あか》りに吸い寄せられる蛾のように、ふらふらと金庫に歩み寄ろうとした強盗を、イングリが引き戻した。

「バカ。中に入った途端に扉を閉められたら、どうする」

「あ……はい」

それからイングリは強盗の耳元で何やら囁《ささや》いた。強盗が俺の方を向く。

「お前は支店長と金庫の中に入って、バッグに札束を詰めろ。携帯は金庫の中に廃棄しろ」

イングリも「やれ！」とばかりに顎《あご》をしゃくった。強盗は迫力ないけど、イングリは恐いので、言われた通りにした。

札束でパンパンになったバッグを肩に掛け、金庫から出ると、強盗はイングリにライフルの銃口を突きつけたまま立っていた。でも、俺の目には強盗の方が、仁王立ちしたイングリにつき従っているとしか見えない。

「これから逃走するが、人質は一時間後に解放する。それまでに警察に連絡したら、人質の命はないと思え」

　強盗の奴、一連の台詞をまるで抑揚のない棒読み口調で言うんだ。もしかして、小津安《おづやす》二郎《じろう》映画のファン？　ま、実際はイングリに言われた通りに復唱したので、そうなったんだろうけど。

　……なんつってる場合じゃない！　俺は強盗とイングリの前に立たされ、銀行の外に停《と》めてあるワゴン車まで歩かされた。金の詰まったバッグのベルトが肩に食い込んだ。……重い。十五キロは確実にある。そういえば、一万円札一億円分の重さが十キロちょっとって聞いた覚えがある。ってことは、俺、今、いくら担いでるんだろう？

　ワゴン車の前で思わず後ろのイングリを振り向いた。

　と、強盗が急にヘナヘナとその場にくずおれそうになり、イングリがさっと脇《わき》の下に手を入れて支えた。

「……すみません、急にめまいがして」

「しゃんとしろ！　ここが正念場だよ」

「すみません。……こんなこと、初めてなんです」

　どっちが強盗なんだ？

「ほら、しっかり運転しな。希、あんたは後ろ」

「え？　でも……」

「いいから、言われた通りにしな！」

ここで逆らったら後が恐いので、俺は仕方なくバッグを抱えて後部座席に乗り込んだ。

イングリは助手席、強盗は運転席に乗って、ワゴン車は走り出した。

まったくもう、イングリと出会って以来、こんなことばっかりだ。事件に巻き込まれるやら、事件が飛び込んでくるやら。疫病神じゃないかと思うよ。

……ただ、妙なんだけど、俺は正直、後悔していない。もちろん、まっただ中にいる時は、これからは絶対、一生、イングリの顔も見たくないと思っている。でも、後になってその時のことを思い返すと、あんまりいやな気がしない……てゆーか、けっこう笑える。

何故《なぜ》なんだろう？

強盗は真っ直ぐ前を向いて運転している。いつの間にやら、ライフルはイングリの手に移っていた。何だか、イングリが銃で男を脅かして運転させているみたいに見える。……つーか、実際その通りじゃないか？

言い忘れたけど、舞台になったのはまこと銀行西新宿支店。まこと銀行は大手都市銀行が三行合併して出来たメガバンクだ。

息苦しいのか、強盗は目出し帽を脱いだ。中から現れたのは、気の弱さと人の好《よ》さが合体したような顔の男だった。年は四十くらいで、小柄で痩《や》せ形。正直で、誠実で、哀しそうな丸っこい眼をしていた。修学旅行の時奈良《なら》で見た、鹿《しか》の目に似ている。

イングリは追跡がないのを確認すると、男に命じて、近くにあったコイン・パーキングに車を入れさせた。

「そろそろ自己紹介といこうじゃないの。あたしは渚金融社長の海堂。こいつは派遣バイトの中村希。あんたは？」

男は銀行強盗なんて大それたことをやった上、イングリみたいな恐ろしい女にとっつかまって引き回され、今やすっかり精根尽き果てた様子だった。

「申し遅れまして……私、安田亘《やすだわたる》と言います。蒲田《かまた》でシリンダー工場を経営していました」

「月並みだけど、何でこんなことしたの？」

「……娘が重い病気で、入院していまして」

「子供が病気だからって、親が全員銀行強盗したら大変だよ。難病で金が必要なら、保険とか、国や地方自治体からの補助とか、募金活動とか、別の手段があるだろうに」

「私には、もう、これしかなかったんです」

安田はか細い声で答えると、哀しげに目を伏せた。何というか、ヨレヨレになった中年の牡鹿《おじか》……そんな感じかな？

イングリはライフルの銃身でポンポンと右肩を叩《たた》きながら……おい、ライフルは肩叩きじゃないってばッ⁉

「なんか、ふか〜い事情があるみたいだね。これも何かの縁だから、話してみれば？」

「……はい」

人質に人生相談する銀行強盗って、笑うしかないけど、安田は大まじめで、訥々《とつとつ》と事情を話し始めた。

「私は父の代から、大田区で金型工場をやっていました。私の代になってからは、エンジン用の特殊シリンダーが主力製品で……」

安田の工場は従業員六人の少人数だが、その分野では国内シェア六〇％を占める優良企業だった。

ちなみに、大田区には日本や世界で多数のシェアを占める優良製造業の会社が集中している。工場数は約四千。そのほとんどが、従業員十人以下の零細企業だ。そして、長引く不況と円高の影響で、製造拠点が海外へ流れ、工場の数は最盛期の半分になってしまったという。

「十年前、私の工場は注文が増えてさばき切れなくなり、少し設備投資をして、従業員も増やそうかと考えていました。つき合いの長いまこと銀行の担当者に相談すると、新しい支店長を連れてやって来て……」

新しい支店長は、熱心に海外での新工場設立を勧めた。安田はそんな大がかりな事業拡張には二の足を踏んだが、「海外は土地も人件費も物価も安いので、今の工場を建て増しするくらいの費用で新工場が建てられる。銀行が全面的にバックアップするし、相手国も工場誘致を歓迎している。税制上有利でもある。これからの事業展開を考えれば、絶対に今、海外へ投資すべきだ」等々、言葉巧みに勧められ、安田は融資を受けることにした。

「ただ、やはり外国は日本と事情が違います。最初は色々行き違いもあり、工場もうまく稼働しませんでした。やっと軌道に乗ったのは、三年前です」

ところが、その三年前から、サブプライム・ローンにリーマン・ショックなど、安田の工場とは何の関係もない理由で、まこと銀行は貸し剝《は》がしに入った。取り立ては容赦のないものだった。安田の妻は去年、金策に回った帰り、赤信号で道路を横断しようとして車にはねられ、即死した。

「きっと、金策で頭がいっぱいで、信号が目に入らなくなっていたんでしょう。妻が事故に遭ったのは、半分は私の責任です」

その妻の生命保険金までもが、返済に取り上げられた。そして、結局手形は不渡りになり、安田は工場も家も土地も、すべてを失ってしまった。

「今年六歳になる娘は、生まれつき心臓に持病があって、手術が必要なんです。しかも最近、急に症状が悪化して……。手遅れにならないうちに、私はどうしても、娘の手術代を工面しなくてはならないんです」

安田は泣きはしなかったが、泣きたい気持ちは充分に伝わってきた。

「で、あんたにしつこく融資を勧めた支店長っていうのが、さっきの支店長？」

朝比奈のことだ。

「……はい。出世して、西新宿支店に異動したと聞きました」

安田はあわててつけ加えた。

「別に、あの人に復讐《ふくしゅう》したいとか、そんな気持ちはありません。ただ、西新宿なら大きい会社も多いし、お金がたくさんあるだろうと思って」

イングリは気の毒そうに頷いたが、まだ腑《ふ》に落ちない様子で質問した。

「事情はよく分かった。それでも分かんないのは、だからって何でいきなり銀行強盗なのか？」

俺も同感。全然安田のキャラに合ってない。

「ご存じだろうけど、日本で銀行強盗やって無事に逃げおおせた例なんか、ほとんどないよ。繰り返すけど、五千円盗っても五十億盗っても、強盗は強盗。罪は重いんだよ。結局、捕まって懲役食らって、一銭にもならない。それなのに、何故こんなことやらかしたの？」

イングリはまるで親戚《しんせき》のおばちゃんのように、親身な態度だった。

それにほだされたのか、安田はすがるような目をしてイングリを見た。

「……実は、ある方に教えられたんです。世の中には、引き合う犯罪と、引き合わない犯罪があると」

「へえ。例えば？」

「金を盗んで、どこかに埋めて、逮捕される。取り調べでも黙秘で通し、懲役を終えてから金を掘り出す。たとえ刑務所に十年入ったとしても、手元に億単位の金が残れば、それは充分に引き合うのではないかと……」

なるほど……って、感心してる場合じゃない！

「それじゃ、安田さん、この金、山奥に埋めるつもりなんですか？　そしたら、安田さんが刑務所に入ってる間、お子さんはどうなるんですか？」

よせばいいのに、俺はつい突っ込みを入れてしまった。どうも、この安田という男には、人の説教中枢を刺激する何かがあるらしい。現に、俺みたいな若造に突っ込まれても、安田は申し訳なさそうに、しょんぼり肩を落とした。

「いいえ。それは……」

「安田さん、この際だから、全部話してすっきりしましょうよ」

何がこの際かよく分かんないが、安田はその気になったらしい。

「ある方が、引き受けると約束してくれました。実は私と妻は、娘の病気のことで悩んで、一昨年からその方の教えにおすがりしていました。宗教法人に寄付してしまえば、お布施という浄財になって、たとえ私が逮捕されても、警察に取り上げられることはないそうです。だから……」

まったくもう、バカとしか言いようがない、この説教中枢刺激男ッ！　そんなの、インチキ宗教に決まってんだろうが。どこの世界に、銀行強盗勧める宗教があるんだよ？　強盗した金を寄付しろなんて言う教祖、信じられるか？

俺の耳の中にイングリの怒鳴り声が炸裂《さくれつ》……するはずなのに、イングリは何も言わずに安田の話を聞いてから、ゆっくり頷いて、口を開いた。

「確かに、たとえ違法行為で取得した金品であっても、第三者に所有権が移ってしまえば、警察が直接介入してそれを奪うことは出来ません。民事訴訟法に基づいて、裁判で所有権を争うことになります。当然、解決までには時間がかかりますし、一度第三者の手に渡ったものが、そっくり手つかずで元の所有者に戻る可能性は、極めて低いでしょう」

そういえば、翔太のおばあさんが詐欺にあった時も、イングリは似たような説明をしてたっけ。

「安田さん、あなたはその方を、信じても大丈夫だと思いますか？」

「はい。慰めや気休めなら誰にでも言えますが、その方は、現実に娘を助ける方法を教えてくださいました。だから、私は信じています」

「……分かりました」

おい、イングリ、何言ってんだよッ⁉　納得してどうする？　このバカ男の目を覚ましてやんなくて、いいのかよ？

「でも、安田さん、とりあえず病院へ行って、お嬢さんの顔を見ませんか？　後のことは、それからにしましょう」

イングリはにっこり笑って言った。安田も嬉《うれ》しそうに頷いた。

「そうしていただけると、ありがたいです」

イングリは携帯を出した。

「ああ、あたし。今、歌舞伎町グリーン・ホテル横のパーキングにいるから、車回して。四人乗りね」

イングリの会社も西新宿だから、電話の相手は渚金融の社員だろう。イングリは一度通話を終えてから、短いメールを送った。

ほどなく、社員の運転する黒塗りのベンツがやって来た。俺たち三人はベンツに乗り換え、安田の娘の入院している病院へ出発した。


安田の娘は御茶ノ水にある柏《かしわ》大付属病院に入院していた。生まれてからずっと、柏大付属病院で治療を続けてきたそうだ。

小児病棟の一室のドアを開けると、六人部屋に五〜六歳の男の子と女の子が三人ずつ。入ってきた俺たちを、十二の瞳《ひとみ》が真っ直ぐに見つめた。

「でかあ！」

イングリを見て、一人の男の子が声を上げた。子供は正直だ。みんな、目を丸くして唇を半開きにしている。

「こんにちは！」

イングリは作ったような笑顔で、明るい声を出した。

「パパ！」

一番奥のベッドにいる女の子が、安田を見て言った。色の白い子で、肌の色にマッチした栗《くり》色の髪の毛をポニーテールにしていた。

「七菜美《ななみ》」

安田はベッドに駆け寄り、女の子を抱きしめた。

七菜美ちゃんを見て、安田が銀行強盗する気持ちが分かった。いわゆる美少女というのとは違う。もっと綺麗《きれい》な子はいっぱいいる。だが、いじらしさと健気さがダイレクトに伝わってくる、汚れのない瞳の持ち主だった。

その瞳をイングリに向けて、七菜美ちゃんはほんのりと微笑《ほほえ》んだ。

「……綺麗な人。パパ、お友達？」

安田は一瞬言葉に詰まったが、イングリは腰を屈《かが》めて七菜美ちゃんに視線を合わせ、にっこり笑って頷いた。

「そうよ。パパの仕事仲間。渚金融の海堂です。どうぞよろしく」

「初めまして。安田七菜美です」

両手を膝《ひざ》の上で揃《そろ》えて、ちょこんと頭を下げる。……可愛《かわい》い！　この子が手術しないと死んでしまう病気だなんて、神も仏もないと思う。

「七菜美、急な話ですまないんだが、仕事で海外に行くことになったんだ」

「……外国？」

「うん」

「どこ？」

「………」

「中国」

またしても言葉に詰まった安田の代わりに、イングリが答えた。

「中国の大きな会社の社長さんが、パパの技術を生かして、中国で新しい工場を作ってくれないかって言ってきたの。パパは、そこの工場長」

「ホント？」

七菜美ちゃんは心配そうな顔で安田に尋ねた。子供心に、父親が世渡り上手でないことを感じているみたいだ。

「うん。とても良い条件なんだ」

「……よかった。また、お仕事出来るね」

七菜美ちゃんはホッと安心した顔になった。

「それでね、七菜美ちゃん。パパはすごく責任の重い仕事だから、しばらくは日本に帰ってこられないの。新しい工場の仕事が、軌道に乗るまでは」

安田はイングリの言葉に背中を押されたように、後を続けた。

「そうなんだ。七菜美がこんな大変な時に、本当にすまない。でも、このチャンスを逃したら、もう二度と立ち直れないかもしれない」

七菜美ちゃんはじっと安田の顔を見つめて、こくりと頷いた。

「うん。大丈夫。だから、パパも頑張ってね」

安田はもう一度、七菜美ちゃんをぎゅっと抱きしめた。

「それじゃ、私はちょっと事務局へ行ってきますので」

安田はイングリと俺に頭を下げて、部屋を出ていった。盗んだ金の中から手術に必要な金額を持って、先払いするのだ。

ここからは安田に聞いた話。

七菜美ちゃんは心臓弁膜症だという。心臓弁膜症は、簡単に言うと心臓の弁に異常が生じて血液の流れが悪くなる病気で、症状が進むと死に至る。先天性と後天性があり、七菜美ちゃんは先天性、つまり生まれつきだ。

生まれてすぐは体力がないので、学齢まで待って手術することになった。しかし、最近症状が悪化して、手術は一刻も早く行わないと危険だそうだ。

七菜美ちゃんに必要なのは、僧帽弁形成の手術。その場合、胸骨正中切開という、胸骨を縦に切開して観音開きにした状態で心臓の施術を行う手術が普通らしい。だが、そうすると喉《のど》から鳩尾《みぞおち》に掛けて、二～三十センチにもなる大きな傷が残るし、手術後の体力の消耗も甚大だ。

しかし、ここにもう一つ、低侵襲心臓手術という方法がある。この手術なら、僧帽弁形成の場合、骨は切らず、肋骨《ろっこつ》の間を切り開いて心臓の施術を行うため、傷痕《きずあと》は七～八センチで済む。しかも、女性の場合はちょうど乳房に隠れる場所なので、なおのこと優れている。術後の体力回復もずっと早い。

僧帽弁形成手術の費用は平均して三百五十五万円くらい。先進医療の補助が適用されるから、最終的には百二十五万円くらいに減額されるという。

ま、これはあくまでも平均の話。どこの世界にもピンキリはある。

七菜美ちゃんの入院している柏大付属病院は、心臓弁膜症の低侵襲外科手術では日本で一、二を争う優秀な病院で、執刀医の先生は「ゴッド・ハンド」と異名を取る名医だそうだ。腕も費用も日本一のピンらしい。

安田が言うには、今週中に費用を先払いしないと、せっかくの手術の予定がキャンセルされてしまうんだって。だからキャラにもなく、あんな大それたことをやったのだろう。

……それにしても、柏大もエグいよな。

とにかく、一度病院に手術費用を払い込んでしまえば、たとえ安田が逮捕されたとしても、警察が病院から金を取り上げることは出来ない。そして、手術代の支払いが済んでいる以上、手術は行われる。最低限、七菜美ちゃんの命は助かるわけだ。

安田が戻ってくるのを待つ間、小児病棟は大変な盛り上がりだった。男の子三人はイングリを馬にして背中にまたがり、髪を引っ張るやら立ち上がって飛び跳ねるやら、乱暴狼藉《ろうぜき》の限りを尽くして大はしゃぎだ。イングリがまた、苦虫を百匹かみつぶしたような顔をしながら、おとなしく言いなりになって、そのうちプロレスの技を掛けて遊ばせてやったりする。普段の姿を知る俺には、信じられない光景だ。あんな巨大生物でも、子供は可愛いのかな？

七菜美ちゃんと女の子二人は、俺と並んでベッドに腰掛けて、一部始終を笑いながら見物した。

不意に七菜美ちゃんが顔を上げて、俺を見た。

「パパ、可哀想《かわいそう》」

俺は正直、ドキンとした。もしかして、父親の犯行を察しているのか？

「ママが死んじゃって、私が病気だから、ひとりぼっちなの。誰も助けてくれる人がいないの」

「そんなことない、大丈夫だよ」

俺は必死に、この子を安心させる台詞をひねり出そうとした。

「七菜美ちゃんがいる。七菜美ちゃんがいるから、パパは頑張れるんだよ」

だが、七菜美ちゃんは哀しげに目を伏せて首を振った。自分の病気のために、両親が苦労する姿をずっと見てきたのだろう。自分の存在が父に重い負担を強いていることを、子供ながらに悟っているのだ。

「大丈夫！」

イングリが男の子三人を両手に抱えてすっくと立ち上がり、元気に言った。

「安心して。おばさんがついてる！」

七菜美ちゃんの顔から哀しみの色がゆっくりと薄れ、微笑みに変わった。

「色々とお世話になりました。本当に、ありがとうございます」

七菜美ちゃんと別れ、病院の地下駐車場に下りると、安田はベンツの前で深々と頭を下げた。現金の入ったスポーツバッグを後生大事に抱えている。

「私はこれから教会へ行って金を預けてから、警察に出頭します。お二人はどうぞ、お帰りください」

安田の入信している新興宗教の名は「友愛真理教会」という。発足したのは五年前で、教祖は「鷹丸姫《たかまる》」という女だ。元はよく当たると評判の占い師だったそうだが、神に授かった霊力を人類のために行使すべく、宗教団体を立ち上げた。……もう、これ聞いただけで怪しいと思うけど、世の中にはだまされやすい人が多くて、今では信者が百人近くいるらしい。

俺はちらりと横目でイングリの様子を窺《うかが》った。ずっと「らしくない」姿を見せつけられて、こっちまで調子が狂ってきたけど、でも、このまま安田を行かせていいのか？

いいわけないよな、イングリ？　……何とか言えよっ！

「安田さん」

イングリが一歩前に踏み出して、安田の顔を見下ろした。いつものイングリの、強い目だった。

「その金の秘匿方法に関して、私にも一つ提案があります。それを聞いた上で、教会に頼るか、私の提案に乗るか、決めてください」

「はい」

安田は小心な男なりに、すでに覚悟を決めていた。頷いたのは、決してイングリの迫力に気圧《けお》されたわけではない。安田と七菜美ちゃんを助けたいと思う気持ちが、伝わったのだと思う。

「奪った金を宗教団体に寄付してしまうのは、一見良い方法のように見えますが、でも、金が消えるわけじゃありません。それより、金そのものを消してしまった方が、もっと良くありませんか？」

「……消すとは？」

「燃やすんです」

「ええっ！」

俺と安田は同時に声を上げた。

「燃やしてしまうんです。全部灰にしてしまえば、誰もその金の行方を追及することは出来ません」

「で、でも、それじゃ……」

「全部燃やしたことにして、一割だけ燃やすんです。残りの九割は、手つかずで保存する」

イングリはにやりと笑ってベンツのトランクを開け、中から段ボール箱を出すと、地面に置いた。ズシンと重そうな音がした。

「この中には、千円札で約一万枚、一千万近く入っています。これを燃やして、盗んだ金は全部灰になったことにするんです。千円札も一万円札も、原料はマニラ麻・ミツマタだから、灰にして海に放り込んでしまえば、インクの成分の違いも含めて、どっちだか分かりませんよ」

安田は呆然《ぼうぜん》とした顔で、イングリを見上げていた。

俺も多分、同じ顔をしていたと思う。……こんな手があったなんて。

そうか。イングリが社員に送ったメールは、この段ボールを車に入れとけってことだったんだ。何で千円札を一千万もかき集めたのか知らないけど、新宿の高利貸しには、きっと色々秘密があるんだろう。

イングリは安田に、歌舞伎町の駐車場で、ワゴン車からイングリのベンツに乗り換えて逃走したことにしろと言った。

「あなたはこの車で東京湾に出て、段ボールにガソリンを掛けて火をつけてから、海に落としなさい。奪った車で逃走中、突然エンジンから出火して、あわてて自分だけ外に飛び出した……警察にはそう言うんです。これ、けっこう古くて、車検切れスレスレだから、事故が起こったことにすれば大丈夫。もちろん、保険金が下りるから、私に損はなし」

イングリはベンツの屋根をポンと叩いた。

「残りの金は、私が責任を持って運用します。その利回りを七菜美ちゃんの治療費と養育費に充てて、安田さんが出所する日を待ちます。あなたが社会復帰したら、手元に残った金から、私に対する手数料を支払ってください」

安田の目が涙で潤んだ。

「……海堂さん」

安田は声を詰まらせ、ただ深く頭を下げた。そして、顔を上げると洟《はな》をすすり、気を取り直したように言った。

「すべて、お任せします。海堂さんに助けていただかなかったら、銀行から無事に出られたかどうかも分かりません。ご恩は、私の一生を懸けてお返しするつもりです。どうか、娘のことをよろしくお願いします」

それから、ふっと顔を曇らせた。

「でも、やはり、教会に一言断っておかないと……」

イングリは厳しい顔で首を振った。

「そんな時間はありませんよ。一刻を争うんです。教会には、私が代わりに行って、挨拶《あいさつ》してきます」

有無を言わせず押し切って、イングリは「友愛真理教会」の所在地を聞き出した。

「それでは、鷹丸姫先生によろしくお伝えください。お願いいたします」

安田はベンツに乗って、走り出した。

俺とイングリは表通りに出て、タクシーを拾って西新宿の渚金融へ向かった。一億円持ってウロウロするわけにはいかない。とりあえず会社の金庫に現金を入れて、それから友愛真理教会へ乗り込むのだ。

「どうして、いい大人がちんけなインチキ宗教に引っかかるんですかね？」

渚金融に現金を下ろし、イングリのポルシェに乗り換えて友愛真理教会へ。その途中、俺は何ともやり切れない気持ちを口にした。

「仕方ないよ」

浮かない口調が、イングリも俺と似たような気持ちでいることを伝えていた。

「溺《おぼ》れる者は藁《わら》にもすがる……宗教も藁の一本なんだよ。七菜美ちゃんが言ってたじゃないか。パパは可哀想だ、ママが死んじゃって、ひとりぼっちで、誰も助けてくれる人がいないって。人間、そんなに強くないからね。何かすがるものがないと、生きられないんだよ」

「……海堂さんの口から、そんな弱気な台詞が出るなんて！」

「一般論」

「海堂さんは、何にすがって生きてるんですか？　もしかして、愛？」

「バーカ。金に決まってるだろ」

そんなことを言っているうちに、車は豊島区に入り、友愛真理教会本部に着いた。有楽町線と西武池袋線の中間にある千早《ちはや》という町だ。

本部は住宅地の中にある、木の塀に囲まれたこぢんまりした建物で、門柱に「友愛真理教会」の看板がかかっていなければ、昭和レトロな木造一戸建て住宅にしか見えない。門扉は開いていて、玄関までの間の狭い前庭には、白い玉砂利が敷き詰めてあった。

「ごめんください」

玄関の外から声を掛けたが、応答がない。呼び鈴もインターホンもないので、仕方なく玄関の戸を開けた。

さすが宗教法人。中で繰り広げられていた光景は別世界だった。

広間の正面奥に神棚が祀《まつ》ってあり、その下にはよく時代劇のご祈禱《きとう》シーンに出てくるような、火の燃える祭壇があった。

祭壇の前で、白い着物に緋《ひ》の袴《はかま》をはいた、巫女《みこ》さんのような格好の女が炎を拝んでいる。その後ろには、十人くらいの男女が正座して、ひたすら女を拝んでいた。

女は新しく入ってきた人の気配に気づいたのか、祈りをやめ、ゆっくりとこちらを振り向いた。

第六章　女教祖VSイングリ

振り向いた女教祖は、何と、あの、鷹野莉央だった！

こんなのあり？

思わずイングリの顔を見ると、まるで前もって知っていたかのように、少しも驚かない。落ち着いたものだった。

「鷹丸姫先生」

イングリは莉央に呼び掛けると、板の間に跪《ひざまず》いて頭を下げた。俺もあわててそれに倣《なら》った。

「安田亘の件につきまして、ご報告いたします。どうぞ、お人払いを願います」

莉央もまた、少しの動揺も見せず、ゆっくり頷《うなず》いた。

「分かった。みんな、しばらく下がっていなさい」

信者たちは莉央に一礼すると、脇《わき》の戸口から出ていった。広間には俺とイングリ、莉央の三人だけが残った。

イングリは早速あぐらをかいて、もの珍しげに莉央の装束を眺めた。

今日の莉央は女教祖という立場のためか、完全なノー・メイクだった。元々の顔立ちが良いのですっぴんでも美人だが、メイクした顔と比べると地味でおとなしい印象だ。エリザベス・テイラーがあのド派手なメイクを落としたら、こんな感じだろうか？

どういうわけか、ブスが厚化粧すると滑稽《こっけい》になるが、美人が厚化粧すると迫力が出る。莉央の迫力も、半分は化粧の力だったのかもしれない。

「社長、安田はどうしました？」

莉央はそれまでの教祖然とした厳《おごそ》かな態度をガラリと変え、くだけた口調で聞いた。

「出頭したよ」

「……でしょうね。で、金は？」

「あたしがもらった」

莉央がにやりと笑った。

「やるじゃない。こっちは鳶《とんび》にあぶらげ……。でも、ま、いいでしょう」

「莉央、何でこんなことやってんの？」

「人助け」

「脳みそが腐るような冗談言うんじゃないよ」

「ほんとですよ。世の中には、警察や法律や介護保険じゃ救われない人が、大勢いるんです。安田亘みたいな……ね。私は豊富な知識と人生経験を活かして、可哀想《かわいそう》な善男善女を救うことにしたんです」

ふざけんなよ。世の中に不幸の種をまき散らしてるのは自分じゃないか。善男善女を詐欺に掛けて、金を巻き上げてきたくせに、今更何言ってんだよ。

莉央が急に、イングリの後ろに控えている俺に目を向けた。そして、一瞬で腹の中を見抜いたらしい。嘲《あざけ》るような笑いで唇の端を吊《つ》り上げた。

「私は罪深い暮らしを送ってきましたからねえ。そろそろ罪滅ぼしがしたくなったんですよ。欲の皮の突っ張った男女から金を巻き上げて、可哀想な善男善女の救済に充てる……なかなかよく出来たシステムでしょ？」

「いい加減にしろよ！　安田さんを唆《そその》かして、銀行強盗させたくせに！」

「きれい事や気休めなら、誰だって言えるんだよ。あれ以外に安田の娘の命を救う方法があるなら、言ってみな、小僧」

莉央がじろりと俺を睨《にら》みつけた。アイラインとつけマツゲの力を借りなくても、その目には不気味な力が宿っていた。

「それにしても、がっかり。社長も落ちたもんですねえ。こんな小僧をペットにしてるなんて。理想の高い人だと思ってたのに」

「おい、言って良いことと悪いことがあるぞ」

「おや、派遣ホストが、お友達だとでも言うつもり？」

「莉央」

イングリの声は静かだったが、莉央は一瞬、母親に叱《しか》られた子供のような表情を浮かべた。心にもないことを言ってしまったのを、恥じるように。

「あんたの狙《ねら》いは読めたよ。出来るだけ大きく風船をふくらませて破裂させ、そのあおりで赤松《あかまつ》……今は左近《さこん》か……奴を吹き飛ばそうって魂胆だろう？」

莉央はハッと息を飲み、はっきり分かるほど顔が強張《こわば》った。

「でも、そんなことはさせないよ。左近のためじゃない、お前のために」

「何バカなこと、言ってるんです」

動揺した莉央の顔が、図星を指されたことを告白していた。その顔の上に、うんと若い頃の莉央の面影が重なって見えた。真面目《まじめ》で、一途で、理想に燃えた美しい女の……。

イングリはすっくと立ち上がった。

「莉央、左近は人間のくずだ。殺す価値もない。だけど、お前がどうしても許せないと言うなら、一対一で刺し違えればいい。それならあたしは止めない。でも、左近一人を破滅させるために、何の関係もない人たちを巻き込むのは、絶対に許さない」

莉央は唇を噛《か》んでイングリを睨み返した。悔しさがにじみ出ていた。

「あんたは、何も分かっていない」

「……だろうね。人間、自分のことだってよく分かんないもの」

イングリは俺の方を向いて「帰ろう」と言い、莉央に背を向けた。

広間を出る時、俺はもう一度振り返ってみた。莉央は板の間に座り込み、肩を落としていた。何となく、その姿が一回り小さく見えた。

「左近龍平《りゅうへい》……日本で一番デカイ法律事務所の幹部。オーナー経営者の入り婿だから、将来は所長の椅子《いす》が約束されてる」

「それが、前に言ってた、彼女を捨てた恋人ですか？」

「そう」

イングリは苦々しげに言うと、ポルシェのスピードを上げた。

左近龍平は渉外弁護士……もっぱら、企業を顧客として、海外も相手にしながら企業法務・金融法務・知的財産権や紛争処理・倒産及び企業再生など、つまり金になる仕事を引き受ける、エリート弁護士だそうだ。

「父親は左近が中学生の時、多重債務を抱えて蒸発。高校二年の時、今度は母親が息子を捨てて男と行方《ゆくえ》をくらました。左近は何とかアルバイトで食いつないで高校を卒業したけど、とても大学に進学する余裕はなかった」

　左近は自分を今のような境遇に追い込んだ社会の矛盾と戦うことを決意し、弁護士を目指した。金を貯めて大学の法学部に行くため、いくつかのバイトを掛け持ちして働いた。そして二十歳の時、イングリの経営する渚金融で働いていた莉央と出会った。

「二人は同い年でね。莉央も両親を亡くして苦労したから、他人とは思えなかったんだろう。恋に落ちて同棲《どうせい》すると、自分の稼ぎで左近を養った」

　左近はよほど優秀な男らしい。何しろその二年後には東大法学部に合格して、在学中に司法試験に受かったんだから。

　左近法律事務所は二百人近い弁護士を有する大手法律事務所で、当然優秀な人材を揃《そろ》えている。毎年、在学中に司法試験に合格した学生に接触し、使えそうだと判断すると破格の条件でスカウトした。左近もその中の一人だった。新人弁護士でも年収一千二百万円保証だそうだ。すげえっ！

「左近は……当時は赤松って名字だったな。卒業後は当然左近法律事務所に就職した。そして、たちまち頭角を現して、大いに将来を嘱望された。オーナーは目を掛けて、ちょうど適齢期になっていた一人娘の婿になってはくれまいかと、話を持ち掛けた。二つ返事でその話に飛びついたのか、同棲している糟糠《そうこう》の妻……じゃないけど恋人がいると、一応は断ったのか、それは知らない。しかし、結局は莉央を捨ててオーナーの入り婿になった。

莉央がどれほど傷ついたか、言うまでもない」

俺は二十代の莉央を想像した。絶世の美女という言葉をビジュアル化したような容姿だったに違いない。別れるなんて、もったいないなあ。それとも、散々やっちゃった後だから、けっこう満腹だったのかな。

「で、まあ、地道に働くのがイヤになったのか、金がすべてと思い切ったのか、会社を辞めて裏街道をまっしぐら。やがて、渚金融で学んだノウハウを活用して、裏の世界でのし上がり、希代の女詐欺師が誕生したってわけ」

「いきなり裏街道行きます？　あれだけ美人なんだから、次の男をゲットして見返してやればいいのに」

「莉央は左近に全身全霊捧げて、惚《ほ》れてたんだよ。だから、左近に裏切られた途端、すべての男が敵《かたき》に見えたのさ」

「そうですかあ？」

イングリは何か言おうとしたが、やめて口を閉じた。俺に言ってもしょうがないと思ったんだろう。きっと「本気で人を愛したことがない者には分からない」なんて、乙女チックな台詞《せりふ》に違いない。

「……そうだ。さっき言ってた、風船云々って、どういうことですか？」

「莉央は思いっ切りデカイ事件起こして、逮捕されることを望んでる。マスコミの注目の的になって、連日報道されることを……。そのために、種をまいて水をやって、芽が出るのを待ってるんだ。町ぐるみ詐欺に掛けようとしたのも、インチキ宗教の教祖になったのも、全部騒動を大きくしたいからさ」

「そんなことして、何になるんですか？」

「全マスコミの注目を集めたところで『私をこんな女にしたのは左近龍平です』と訴える。あるいは莉央のことだから、左近法律事務所か左近本人のやばいネタも握ってるのかもしれない。それをマスコミに大々的に報道させて……二度と立ち上がれないほどの打撃を与える」

「……せこい」

「そうとも言えないよ。豊田商事とオウム事件を足したような事件の主犯が、あの男だけは許せないと告発してごらん。マスコミ的には、こんな美味《おい》しい話題はない。連日、左近の道義的責任やらスキャンダルやらを、おもしろ可笑《おか》しく書き立てるだろう。その結果、二度と法曹界の表舞台に立てなくなるかもしれない。左近にとっては、死ぬほど無念なことさ」

　昔、テレビの人気キャスターが、元愛人に週刊誌で告発され、大騒動になったことがあった。それは要するに男女間のもつれで、第三者には関係のないことなのだが、キャスターは番組を降板し、マスコミから姿を消した。

莉央は確かに、良いところを狙ってるのかもしれない。

「……希、人間にはスケールがある」

イングリが真剣な口調で言った。

「スケールの小さい奴は、善悪の振り幅も小さい。小悪党は悪事を働いても善行を施しても、所詮はせこい。でも大悪党はその気になれば、人類の救済だって出来るかもしれない。逆もまた真だよ」

何だか、俺にではなく、遠くにいる莉央に訴え掛けてるみたいだ。

「あたしは昔の莉央を知っている。このまま裏街道に置いておきたくない。もう一度陽《ひ》の当たる場所に戻してやりたい。あいつはもう、左近を超えた。もっと大物になったんだ。だから……」

俺は翔太の叔父さんの民宿に泊まった時のことを思い出した。スナックのママが殺されて、それが莉央の企んだ詐欺事件に関係しているのではないかという疑惑が持ち上がった時、イングリの見せた苦悩の色。その疑いが払拭《ふっしょく》された時の、ホッとした表情。

「海堂さんは、鷹野莉央が好きなんですね？」

イングリはちらりと俺を見て、イングリッド・バーグマンの微笑《ほほえ》みを浮かべて頷いた。

「うん。あたしと似てるからね……頑固なとことか。ほっとけないんだ」

翌日の午前九時半、オーナーから携帯に電話が掛かってきた。

オーナーはおかまバーを経営する裏で会員制のデリヘルをやっている。つまり、表向きはおかまバーのママのわけで、ああいう店は深夜営業だから、午前九時なんて、ちょうどベッドに入ったくらいの時間だ。それが電話を掛けてくるなんて、どうしたんだろう？

「希ちゃん、あんた、海堂さんの居場所、知らない？」

酒でざらついた声が、普段より甲高い。

「知りませんよ。どうしたんですか？」

「渚金融から連絡があってさ。出社してないんだって。十時からお客さんと会う約束になってるのに」

オーナーはイングリの高校時代の舎弟で、今は妹分だ。イングリは社員を引き連れて、おかまバーの方にはよく遊びに行くらしい。だから、社員たちもオーナーとイングリの関係を知っているのだろう。

「自宅じゃないんですか？　寝坊してるとか」

「社員が行ったけど、留守なんだって。携帯もつながらないって言うし。何か、ただごとじゃないわ」

イングリは一人暮らしなので、不慮の事態に備えて、信頼できる古参の社員一名が鍵《かぎ》を預かっているそうだ。その人が部屋に入ってみると、照明は点《つ》いたまま、コートと鞄《かばん》はリビングのソファに置きっ放しだったという。つまり、夜に帰宅してすぐ、着の身着のまま、出ていったことになる。……普通じゃない。

俺は昨日のことを思い出した。インチキ教祖の鷹野莉央と、それを信じ切って、崇《あが》めている信者たち……。背筋がぞぞっとする。

「今からそっちに行っていいですか？　電話じゃ説明しにくいことなんで」

オーナーのマンションは新宿区戸山にあった。いつもはクラブの事務所で会うので、自宅を訪ねるのは初めてだ。案の定というか、ピンクの色調に花模様とフリルとリボン満載のインテリアで、よくこんな部屋に住めると思うけど、本人は良い気分なんだろうな。

そして、化粧を落としたオーナーは、無精髭《ぶしょうひげ》がうっすら伸びているせいもあるが、完全におっさんだった。ピンクのネグリジェを着た巻き髪のおっさんって、どうよ？

「……なるほど。鷹野莉央ね」

話は早かった。オーナーは渚金融に勤めていた頃の莉央を知っていた。

「それで、新宿署の片山さんに相談した方がいいと思うんですけど」

片山圭介は新宿署のマル暴の刑事で、イングリの中学の時の舎弟だ。

「そうねえ。ただ、インチキとはいえ、一応宗教法人の届けは出してると思うのよ。そうなると、何も証拠がないのに、警察が踏み込むのは難しいわ」

「……宗教法人でなくたって、証拠がなきゃだめでしょ？」

「ま、そこら辺は、色々やりようがあるのよ。でも、この場合は……」

俺は何だか、悪い胸騒ぎがしてたまらない。こんなことしてる間に、イングリはあの連中に殺されてしまうかもしれない。いいや、決して大袈裟《おおげさ》じゃない。宗教が絡むと、人間、良識も情愛も平気で乗り越えられるのだ。昔も今も、宗教絡みの戦争って、悲惨この上ないでしょう？

「オーナー、俺、友愛真理教会に乗り込みます。そこで大騒ぎして、殴られてきます。片山さんには、それを理由に介入してもらいましょう」

「まあ、希！　グッド・アイデアよ。良い子ねえ」

オーナーは胸の前で両手を組み合わせ、身をよじった。……気持ちワル！

「でも、やったやってないで水掛け論になったら、埒《らち》があかないわ。証拠の写真とか、ビデオとか、撮りたいわね」

「……任せてください。適任者がいます」

俺は翔太と滝本に連絡を取った。翔太は学生時代、ビデオで映画を撮って、何かの賞をもらったことがあるという。滝本はバカだが、仕事柄コンピューター機器の扱いには慣れている。二人とも、イングリの生命の危機だと言うと、仕事の都合をつけて駆けつけてくれた。

オーナーは金とコネがあるので、必要な機器を告げると、すぐ業者に電話して用意してくれた。

その日の午後三時、俺たちは友愛真理教会の前にいた。正確には、教会前に駐車したワゴン車の中だ。メンバーは俺と翔太と滝本。

俺は車を降り、教会の門をくぐった。身体《からだ》には隠しカメラと集音マイクが取りつけてある。翔太と滝本は映像と音声を車の中でモニタリングしつつ、記録する役だ。俺が信者に殴られたりしたら、それを証拠に、すぐ片山に連絡して出張ってもらう。

「ごめんくださいッ!」

玄関の戸が開いた。鷹野莉央は相変わらず巫女さんみたいな格好で祭壇の前に立ち、何やら祈りを捧げている。その後ろには二十人くらいの信者が座っていた。戸を開けてくれたのは、年配の女の信者だ。

「鷹野さん、海堂さんをどこにやったんですか?」

莉央が祈りをやめて、ゆっくりこっちを振り向いた。信者たちも険悪な目で俺を見ている。男女は半々で、三十代に見えるのが二人、後は中高年だ。

「海堂さんが昨夜から行方不明なんです。鷹野さん、あなたが何かしたんでしょう?」

「お前はいったい、何を言っている?」

莉央はバカにしたような顔で言った。その顔を見れば、こいつが何かやったのは明白だ。

「とぼけるなよ。海堂さんをどこかに監禁してるんだろう。さっさと解放しないと、警察呼ぶぞ」

おとなしそうに見える信者たちが、一斉にけんか腰の構えになった。

「いきなり入ってきて、何てことを言うの、失礼な！」

「鷹丸姫先生に対する暴言は許さんぞ！」

「帰れ！　ここはお前の来るところじゃない」

こんな連中がいくら怒ったって、俺はイングリで免疫があるから、ちっとも恐くない。

「みなさん、いい加減に目を覚ましてください！　この女は霊能力者でも何でもない。数多くの詐欺事件を裏で操って、うまい汁を吸ってきた女詐欺師です！」

信者たちは激昂《げきこう》した。口々に、自分たちは鷹丸姫先生に救われた、と反論する。やれ、だまし取られた土地の権利書を取り返してくれたの、悪い女に引っかかった息子のトラブルを解決してくれたの、認知症が進んだ夫の両親を施設に入れるために尽力してくれたのって、うるさいの何の。

「それ、結局、この世のトラブルの解決でしょ？　霊能力じゃなくて、世渡りのテクニックですよ。宗教とは何の関係もないですよ」

「それがどうした？　何の御利益《ごりやく》もない宗教を、誰が信じる？　来世の御利益があれば本物の宗教だと言うなら、それを現世で先払いして何が悪い？」

莉央が言うと、信者たちは口々に同調した。

「だって、鷹野さん、神も仏も信じてないんでしょ？　それで自分が教祖になるって、おかしいですよ」

「どうして？　私は私を信じてる。信者のみなさんも、私を信じてる」

またしても、そーだそーだの大合唱。あー、うるせえ！

「よく聞けよ、鷹野莉央！　イングリは、海堂さんはあんたのことを本気で心配してんだぞ！　あんた、たった一人の友達を裏切るのか？」

莉央は呆《あき》れた顔で俺を見返した。

「変なこと言わないでよ。何であの女が友達なのさ」

「この、バカ女！」

莉央がつかつかと近寄ってきて、バシッと俺の頰《ほお》を平手打ちした。

「小僧、あたしは生まれてこの方、ブスとバカとは言われたことがないんだよ。よく覚えときな」

「そんなら、何で分かんないんだよ⁉　あんたのことを一番心配してるのは、海堂さんだぞ。あんたの良いとこも悪いとこも全部分かってくれて、それでもあんたを好きでいてくれるのは、海堂さんだけだぞ。それが友達じゃなくて、何だ？　海堂さん以外、あんたの周りにいる連中は、獲物と取り巻きだけじゃないか！」

俺は呆気《あっけ》にとられている莉央と信者を置いて教会を飛び出し、車の中から滝本を引っ張って連れてきた。

滝本はただならぬ様子の集団を前に、バカ丸出しで挨拶《あいさつ》した。

「こんにちはァ、初めましてェ。滝本優花ですぅ」

「おい、滝本。お前、前の彼氏のこと覚えてるか？」

「えー？　もう忘れちゃったあ。今の彼氏とラブラブなんだもん」

俺は莉央を睨みつけた。

「ほら、見ろ。こんなバカだって『女の恋は上書き保存』って法則を知ってんだ。いい年こいて、大昔に捨てられた男に未練タラタラなんて、救いようのない大バカじゃないか！」

「お黙り！」

怒りと屈辱に火がついて燃え上がり、どす黒い煙が莉央の身体から噴き出した……ように見えた。だが、ここで怯《ひる》んではいられない。

「俺が左近を謝らせてやる」

莉央は一瞬、呆《ほう》けたような顔になった。

「……何言ってんの？」

「俺が左近龍平に謝罪させてやる。それで満足だろ？」

莉央はまるで言葉の意味が理解出来ないみたいで、黙って俺の顔を見た。

「左近が謝ったら、海堂さんを無事に解放してくれ。そして、海堂さんの願い通り、陽の当たる道を歩いてくれ」

「……バカじゃないの？」

莉央の顔には蔑《さげす》み切った、そしていくらか哀れむような表情が浮かんだ。

「左近龍平は日本で一、二を争う大物弁護士なのよ。ガキの相手なんかするわけないじゃない」

「そいつを俺が謝らせたら、どうする？」

莉央はフンと鼻で笑い、教祖の顔に戻って言った。

「面白い。そうしたら、お前の願いも聞き届けてやろう」

左近法律事務所は、丸の内オフィス街の中心とも言うべき三笠《みかさ》ビル内の、ワンフロアを占有していた。もちろん、セキュリティは万全で、部外者が立ち入ることは難しい。変装するとか、セキュリティ・カードを偽造するとかして忍び込むことは可能だが、俺はそんな姑息《こそく》な手段は使いたくなかった。第一、時間がない。

俺はビルの前で、左近が出てくるのを待ち伏せた。顔は、オーナーが手に入れてくれたネット画像で確認してある。

正面玄関から左近が現れた。その後ろに二十代の男と女がつき従っている。鞄持ちの新米弁護士と秘書ってとこだな。

左近は四十代半ばくらい。ばりばり仕事してがっぽり儲《もう》けてますって感じの男だった。仕立ての良い背広と高級感溢《あふ》れるメガネ、絶対に十万円以下じゃ買えないはずの靴、成功体験に裏づけされた傲慢《ごうまん》な面構え……そのすべてが「日本一の弁護士」という鎧《よろい》になって、左近を守っている。

だが、鎧を脱がせてしまったら、ただのおっさんにしか見えない。立派な身なりで三笠ビルから出てきたから立派に見えるけど、汚い格好で段ボールハウスの前に立てば、ホームレスと見分けがつかないだろう。

二十年前、この男の上にどんな夢を描いたのか、今となっては莉央自身、よく分からないんじゃないだろうか？

俺はマイクを持ち、車から飛び出して、左近の前に立った。ハンディ・カメラを肩に載せた翔太が後に続く。

「左近龍平さん、関東テレビです！　一言お願いします！」

左近は戸惑ったような表情で、俺の顔と偽の腕章を見比べた。

「何だね、いきなり」

秘書と鞄持ちが「突然の取材はお断りします」「事前にアポイントメントを取ってくだ

さい」と口にして追い払おうとするが、すかさず身体で二人を押し戻す翔太は、さすがガテン系、二対一でも余裕の勝利だ。

「あなたは正しい。あなたは間違ってない。それはよく分かってます。でも、感情は理性では割り切れませんよね？」

鞄持ちが間に割って入ろうとしたが、翔太が再び押し戻した。

「左近さん、鷹野莉央と別れたことを、後悔してますよね？」

左近は「鳩《はと》が豆鉄砲食らったような」顔で、しばし呆然《ぼうぜん》とした。その映像と音声は、カメラを通して車の中のモニターに届き、莉央の目に入ったはずだ。モニターは滝本が操作している。

「ねえ、後悔してるんでしょ、左近さん」

「きみは、いったい何を言ってるんだ？」

左近はやっと、仕事の出来る弁護士の顔に戻って言った。

「後悔してるはずですよ。この二十年、あれほどの女には出会わなかったでしょう。あれほど美しくて、頭が切れて、心の底からあなたを愛してくれる女は、一人もいなかった」

「いい加減にしろ、ばかばかしい」

左近は俺を押しのけて前に進もうとしたが、俺はしつこく食い下がった。

「ねえ、言ってください、後悔してるって！」

「うるさい！」

「後悔していないはずはない。あなたの人生は、もう半分以上終わってしまった。残りの人生で女とやれる時間は、せいぜい二十五年だ。この先、鷹野莉央ほどの女と出会う可能性が、残されていると思いますか？」

「お前は誰だ？　頭がおかしいのか？」

「あなたは出世と引き替えに、人生最大の宝を手放したんだ」

左近は軽蔑《けいべつ》を露《あら》わにして、俺を睨みつけた。

「言いがかりをつけて、結局は金が目当てか？　鷹野莉央に伝えておけ。言いたいことがあるなら、文書で正式に申し入れろと」

「今のあんたに近寄ってくる女は、あんたの金と地位と権力が好きなんだ。事務所をクビになって、金がなくなったら、誰も洟《はな》も引っ掛けない。でも、鷹野莉央は、親に見捨てられた一文無しのあんたを心から愛した。莉央以外に、誰が丸裸のあんたを愛してくれたんだ？」

左近は俺を無視して、前へ進んだ。

「左近さん、まだ分からないんですか？」

俺はその背中に呼び掛けた。

「金で買えるのは形のあるものだけなんですよ！　形のないものは買えないんですよ！

媚《こ》びへつらいとセックスは買えるけど、愛も恋も友情も信頼も、金じゃ買えないんですよ！　あんた、ライバルはいるけど友達いないでしょう⁉　みんな身から出た錆《さび》なんですよ！　あんたは二十年前、莉央と一緒に、金で買えないものを全部捨ててしまったんだっ！」

不意に、左近の足がピタリと止まった。大通りの角に停《と》めておいた車のドアが開き、中から莉央が降り立って、歩いてくるのが見えた。

莉央はロイヤル・ブルーのスーツを着て、控えめな化粧をしていた。それがかえって、たぐいまれな美貌《びぼう》を際立たせている。本当に、美のオーラが取り巻いて、後光が差すような感じだ。

莉央は真っ直ぐ俺を見て歩いてきた。そして、歩調をゆるめず、ちらりとも視線を動かさず、左近の横を通り過ぎた。

まるで「第三の男」のラストシーンみたい……格好良いな。

なんつってる場合かっ⁉　莉央はそのまま俺の横も通り過ぎ、歩道の脇《わき》に駐車してあった黒塗りの車に向かって歩いた。運転席から初老の男——友愛真理教会本部で見た顔だぞ——が降りてきて、恭しく後部座席のドアを開け、莉央を乗せると走り出した。

俺は後ろを振り返った。左近は走り去る車を目で追っていた。何だか、空気が抜けて一回り小さくなってしまったような印象だ。

「……ダメだった」

翔太が情けなさそうな声で言った。

俺も泣きたかった。失敗したのだ。全力を尽くしたけど、及ばなかった。

第七章　最後の決闘

俺は左近に謝罪させてみせるという約束を果たすことが出来なかった。

莉央は眉《まゆ》一つ動かさず、冷たく去っていった。

俺はどうすればいいんだ？　どうすればイングリを助けられるんだ？

途方に暮れていたその時、携帯が鳴った。ディスプレイを見ると、何と、イングリの携帯じゃないか⁉

「……海堂さん！」

「ああ、希？」

「いったい、今まで……」

「説明は後。車で板橋区の舟渡《ふなど》へ来てくれない？　出来ればワンボックス・カーでもレンタルして。近くへ来たら、詳しい場所を教えるから」

例によって、一方的に用件だけ言うと、携帯を切ってしまった。でも、ま、無事で何より。そしてあつらえたように、ワンボックス・カーをレンタルしてある。

「翔太、海堂さんから連絡があった。板橋区の舟渡へ急行だ！」

「ガッテン！」

俺とガテン系の翔太とバカの滝本の三人は、指定された場所へ向かった。心配しているオーナーには、途中で連絡しておいた。

東西に延びる板橋区舟渡一帯は、荒川を挟んで埼玉県戸田市と向かい合っている河岸の町で、大きな工場や倉庫がいくつもある。車がナビの地点まで来ると、斜め前の古い倉庫の前にイングリが立って、手を振っていた。

「ご苦労さん。おや、翔太くんとタキモッちゃんも？　よかった、手伝って。中のもの、運び出すから」

イングリは極めて元気そうだ。怪我《けが》もしていないし、服装も髪の毛も特に乱れた様子はない。あーあ、心配して損した。俺はてっきり拉致《らち》監禁されたと思い込んでいたので、石でも抱かされ、最凶の拷問・駿河《するが》問いでも掛けられたかと、昔演じた時代劇の拷問を思い出して、本気でビビっていたのだ。

イングリの案内で倉庫の中に入ると、床に段ボール箱が二十個くらい積んであった。その傍らには、ズボンを脱いだ姿で手足を縛られた三十代の男が二人、転がっている。二人とも、友愛真理教会で見た顔だ。

「この箱、全部車に積み込んで」

「中身は何ですか？」

「偽札」

「えええっ！」

俺たち三人はユニゾンで叫んだ。

「とは言っても、両面カラーコピーの、ちゃちな代物だけどね。はい、運んだ、運んだ」

何しろ翔太とイングリがいるので、段ボールはあっという間に全部車の中に移せた。

イングリは床に転がっている男二人を見下ろして言った。

「本部に戻って鷹丸姫に伝えな。金は全部、あたしが奪ってシュレッダーに掛けた。明日本部に出向いてやるから、クビを洗って待ってろって」

イングリは男たちの手足の戒めを解いた。ちなみに、手はベルト、脚はズボンで縛ってあった。男たちは急いでズボンをはくと、悔しそうな顔をしながらも、すごすごと逃げていった。

「さあ、それじゃ、渚金融へ大急ぎ！」

段ボール二十箱分の偽札を積んで、ワンボックス・カーはスタートした。

ここから先はイングリから聞いた話。

イングリと俺が初めて友愛真理教会本部へ乗り込んだ日の夜、会員と名乗る初老の女がマンションを訪れ、インターホン越しに姓名を名乗り、脱会したいので力を貸して欲しいと訴えた。

「怪しいとは思ったけど、向こうから接触してきたのを無駄にしたくないから、オートロックを解除して部屋に上げたわけ」

すると、女の後ろからあの二人の男が現れ、拳銃《けんじゅう》を突きつけて同行しろと命じた。莉央のように裏社会に顔の利く人間にとっては、非合法に銃を手に入れるくらい、たやすいことなのだ。

「二人とも素人だから、撃退出来ないこともなかったけど、あたしは莉央が最終的に何を企《たくら》んでいるのか知りたかった。それには、虎穴《こけつ》に入らずんば虎児を得ずと思って、連中のアジトへ行くことにした」

イングリが一番恐れていたのは、莉央がオウム真理教事件の二の舞をやらかすことだった。

「大量殺人まで行かなくても、人を殺したり傷つけたりするつもりなら、もう見過すことは出来ない。警察に通報して、一網打尽にするしかないと思った」

イングリは舟渡にある古い倉庫に連れていかれた。莉央の命令で、計画決行の日までそこに監禁されるのだという。男二人が見張りについた。

後ろ手に手錠を掛けられておとなしくしているイングリを見て、どうせもう何も出来ないと二人は高をくくり、心に隙《すき》が生じた。

「あれこれカマを掛けてみると、だんだん口がほぐれてきて、計画とやらの全貌《ぜんぼう》を聞き出すことが出来た」

莉央の計画とは、二台のヘリコプターで、東京中に空から偽札をばらまくことだった。

「物欲に目をふさがれ、真実を見失った人間の目を、空から舞い落ちる偽札によって覚ます……魂のショック療法だってさ」

偽札自体は両面カラーコピーのお粗末な出来だが、どんなに出来が悪くても、偽札造りは重大な犯罪である。それを空からばらまけば、他の罪状も加味されて、初犯といえど懲役は免れない。

「それなのに、二人とも覚悟の上だって言うんだよね。莉央のためなら命を捧げても惜しくないって」

二人は派遣切りで路頭に迷っているところを、某やくざの組織に拾われ「オレオレ詐欺」に利用された。悪事に気がついて逃げ出そうとしても、タコ部屋のような組織で、逃れる術《すべ》がなかった。そこを、莉央に救われた。

「莉央が助けてくれなければ、犯罪者の汚名を着せられて、貧しさの中で野垂れ死ぬ運命だったんだから、もう自分の命はどうなってもかまわないって」

友愛真理教会の信者たちは、程度の差こそあれ、みんな莉央に対して同じ気持ちでいるそうだ。

「……正直、あたしはそれを聞いて嬉《うれ》しかった」

しかし、しんみりしている場合じゃない。とりあえず莉央の最終計画は分かった。後はそれを阻止するのみ。

イングリは「お腹《なか》が痛い」と苦しそうな声を出し、二人が近寄ってきたところを、キックで見事ＫＯした。

「だって、拳銃持ってるんでしょ？」

「素人が銃なんか持ったって、役に立たないんだよ。おまけに二人とも根が善人で小心だからね。人に向かって引き金を引く決心がなかなかつけられなくて、後手に回ったのが命取り」

二人をＫＯした後、イングリは後ろ手錠を掛けられた両手を、尻から脚へと抜いて前に回し、奪った鍵《かぎ》で手錠を外した。そして二人を縛り上げ、取り戻した携帯で俺に連絡したわけだ。

「格好良い……！」

俺たち三人は再びユニゾンで感嘆した。しかし、本当の勝負はこれからだ。明日はいよいよ、鷹野莉央と最終決戦だ！

翌日の午後、イングリは真っ赤なポルシェを友愛真理教会本部正面に乗りつけた。その後ろには中古の軽自動車が停まった。

イングリがポルシェから颯爽《さっそう》と降り立つと、軽自動車の中からは俺と翔太と滝本の「実況中継班」がぞろぞろ降りて、金魚のウンコみたいにイングリの後に続いた。

イングリは声も掛けずに玄関の戸を大きく開いた。

大広間の正面には、背後に百人近い信者を従えた莉央が立っていた。インチキ教祖の巫女《み》女《こ》さんスタイルで、イングリを見る目には憎しみが溢《あふ》れ、何というか、妖気《ようき》が漂っている。

「よくも、日本人の魂を救う大切な計画を台無しにしてくれたわね。いったい、どこまで他人の邪魔をすれば気が済むのよ？」

莉央がイングリに憎しみをむき出しにするのは、初めてのことだ。

「あんたには昔世話になったから、今まで大目に見ていたけど、もう許さない。天罰を下してやる」

「……莉央」

イングリの声は、むしろ穏やかで優しかった。

「百歩譲って、お前の詐欺のカモたちは、欲の皮が突っ張った愚か者で、引っかかったのは自己責任としよう。でも、この人たちは違う。みんな、お前のためなら命も投げ出す覚悟でいる」

莉央が一瞬、怯《ひる》んだように見えた。

「そんな人たちを道連れにするのかい？」

莉央の顔にわずかに苦悩が表れ、何か言おうと口を開き掛けた時だった。

「俺は、鷹丸姫先生とご一緒なら、地獄へだって行きます！」

あの見張り役の一人が叫んだ。

「私も！」

「俺だって……！」

信者たちが次々に叫ぶ。まるで「スパルタカス」のクライマックス・シーンみたい。

「……みなさん！」

莉央がもう一度きっと顔を上げて声を張った。だが次の瞬間、その目は大きく見開かれ、唇は言葉を失い、莉央は石像のように棒立ちになった。

俺は後ろを振り向いた。玄関を入ってきたのは、左近龍平だった。

「莉央」

左近はイングリと並んで立ち、真っ直ぐ莉央を見つめた。

「先週、精密検査の結果が出た。全身転移の癌《がん》で、余命三ヶ月だそうだ。昨日、事務所に辞表を提出した」

左近の口調は淡々としていたが、それだけに人の心を打つものがあった。

「きみが昨日言ったことは正しい。すべて、その通りだ」

左近は俺の顔を振り向いて言うと、再び莉央に向き直った。

「俺は二十年前、きみと一緒に金で買えないものを全部捨てた。心を捨てたんだ。妻は心のない夫に愛想を尽かして、不倫ごっこに忙しい。ライバルはいても友達はいない。みんな、俺が辞めて喜んでいるよ。上司は地位を脅かされずに済むし、部下はのし上がるチャンスが来たと思っている」

自嘲《じちょう》めいた笑いが漏れた。

「俺は、どうしても左近法律事務所のトップに上りたかった。だから、自分の選択を後悔はしていない。しかし、もし四十五でくたばると分かっていたら、他の選択もあったと思う」

莉央の顔はまったく動かない。石膏《せっこう》で固めたみたいだ。

「この二十年、きみほどの女に出会ったことはない。それは最初から覚悟していたが、まさか誰のことも本気で愛せないようになるとは思わなかった。近づいてくる女がすべて、俺ではなく、俺の金とコネと地位が目当てとは思わなかった。誰一人、心の通じ合う人間がいなくなってしまうとは思わなかった。心を捨てるということが、こんなにも孤独で、味気ないものだとは思わなかった」

　莉央の顔の石膏に、ピシッと一本、ひびが入ったような気がした。

「許してくれと言うつもりはない。許されるとは思っていない。だから、今の俺を見て溜飲《りゅういん》を下げてくれ。誰一人心の通じる相手もなく、誰からも惜しまれず、惨めにくたばっていく俺の、空っぽなこの姿を……」

　また一本、莉央の顔の石膏にひびが入った。

　イングリが一歩前に踏み出した。

「莉央、もう分かっているはずだ。お前はすでに左近を超えてしまった。左近より、大物になってしまったんだよ」

　莉央はイングリを見て目を瞬《しばたた》いた。乾いていたその目が、潤んで光った。

「今のお前の周りには、お前に救われた大勢の人がいる。そして本当は、その人たちの存在で、お前も救われているんじゃないのかい？」

　莉央の顔の石膏にひびが何本も入り、ポロポロと崩れ始めていた。

「莉央、今の左近には、すがるものが何もない。助けてやりなよ。その人たちを助けてあげたように」

　莉央は小さく頷いた。その顔からはきれいに石膏が剝《は》がれ落ち、一筋の涙が頬《ほお》を伝って流れた。


その夜、何と俺たち「実況中継班」は、イングリの招待で銀座の超高級フレンチ・レストラン、ミシュランで三つ星を獲《と》った「L」という店にいた。

「いやー、きみたちにはホントに世話になったね。ご苦労さん」

まずは、ヴーヴ・クリコで乾杯。なんか、夢みたい！

……というわけで、飲んだり食ったりが一段落してデザートになった時、イングリが鞄から二通の封筒を取り出した。

「まず、タキモッちゃんには、彼氏と二人でお楽しみ・都内豪華ホテルのペア宿泊券ね」

「きゃ〜！」

滝本はバカ丸出しで大喜び。

「翔太君には、些少《さしょう》ですが、新劇団の準備資金」

「あ、ありがとうございます！」

翔太は最敬礼して受け取った。

イングリは最後に、俺の方に身体を向けて、にっと笑った。

「そして希ちゃん、あんたにはお説教」

「ええっ⁉ ど、どうして……」

「一生に一度しか言わないから、よく聞きな」

イングリは急にドスの利いた声を出した。俺は条件反射で、椅子《いす》の上で固まってしまった。

「あたしには七歳年下の弟がいた。七つも下だと、息子みたいなもんだね。母親が早くに亡くなったから、弟の面倒はずっとあたしが見ていて、まあ、育てたと言っても過言じゃない。その弟が大学二年の夏休み、友達と旅行に行くんで、あたしは東京駅まで車で送っていった……」

国道を走っている時、対向車が突然、車線を乗り越えて突っ込んできた。運転していた初老の男性が心筋梗塞《こうそく》の発作を起こし、意識を失っていたのだと、後になってから知った。

「あたしは夢中でハンドルを切った。……でも、避《よ》け切れなかった」

対向車は、助手席に衝突した。運転していたイングリはかすり傷で済んだのに、弟は即死した。

「あたしは今でも、弟があたしの身代わりになったような気がしている」

イングリがじっと俺の顔を見た。酒のせいか思い出のせいか、その目は少し潤んでいて、「きみの瞳《ひとみ》に乾杯！」ってなりそう……。

「弟はあんたに似ていた。見た目だけじゃなく、その調子の良い性格も」

上げといて落とすなよ、もう！

「希、あたしは職業に上下貴賤《きせん》はないと思ってる。ただ、好きな職業と嫌いな職業がある。あんたの仕事は大嫌いだ。それに、職業別電話帳に載せられないような仕事は、仕事とも言えないからね」

……派遣ホストのことを言われると、俺は反論出来ない。現に、翔太や滝本には「飲食店でバイトしてる」って嘘《うそ》ついてるし……。

「ただ、それでもあんたが本気で、今の仕事で頂点を極めたいと思ってるなら、応援しないでもない。でも、あんたにはそんな気はない。次の目標が見つかるまでの、ただの腰掛けなんだろ？」

頷《うなず》くしかなかった。確かにその通りだ。劇団未来座の研究生の時、居酒屋でバイトしていたら、今のオーナーから誘われて、楽して金が入ってくればいいくらいの気持ちで始めたことだ。団員に昇格したら辞めるつもりだったけど、同期で昇格出来たのは二人だけで、俺も翔太もお払い箱。それでぽっきり心が折れて、ズルズルと今まで続けてきた。この仕事が好きでもないし、向いてるとも思わない。はっきり言えば、目先の金に釣られているだけだ。

「だったら、早く辞めた方がいい。裏の仕事は、後が恐いんだよ」

ずっと前、イングリに同じ説教をされた時は向かっ腹が立ったけど、今回は何だかしんみりしてしまった。

実は、俺も不思議な縁を感じているんだ。俺にも姉がいた。二歳年上で、女子柔道七十キロ級で世界選手権五連覇を成し遂げた天才アスリートだった。子供の頃から練習台にされて、死ぬような目に遭わされてきたけど、夢に向かって一直線に進む姿はまぶしかった。俺も姉みたいに、何か夢中になれるものが欲しいと思った。そして出会ったのが演劇だった。

姉は俺が大学四年の時に亡くなった。高校生の万引きを注意して、いきなりナイフで腹を刺されたのだ。当時は大学院生で、オリンピックの金メダルを目指していたのに……。

多分、姉が生きていたら、俺は今のバイトをしなかったと思う。バレたら絶対焼き入れられるし。それに、姉が悲しむようなことはしたくない。

本当のことを言うと、イングリと出会ってから、バイトの方はあんまり気乗りがしなくなった。どういうわけか、客の背負っているストレスとか人生を考えるようになって、そうすると、相手がカモではなく人間に見えてしまう。人にもよるけど、俺は客がお札を運んでくる人形だと思わないと、耐えられない。

きっとこの仕事で大成する奴は、相手が人間に見えてから、本当の勝負に出る強い精神を持っているのだと思う。俺には無理だ。

ただ、もう一度演劇の世界に戻って一からやり直すなんて、やっぱりそれも出来ない。未来座の輝かしい栄光……大きな舞台、立派な練習場、完成されたメソッド、生きている伝説のような講師の顔ぶれ……そんなものを経験してしまっただけに、翔太のようにゼロから始めることが、ちっぽけで貧相で惨めったらしくて、傷口に塩をすり込まれるような気がしてしまうのだ。

……いったい、俺はこれから、どうすればいいんだろう?

その日、俺は滝本に頼まれて、渋谷の街で買い物につき合わされていた。彼氏の誕生日のプレゼントを一緒に選んで欲しいというのだ。何で俺が、こんなバカの彼氏のプレゼントを考えてやんなきゃならないんだよ?

「おい、滝本、この前海堂さんにペア宿泊券もらったばかりじゃないか。そうやって甘やかすと、いいように搾り取られて、別の女に乗り換えられるぞ」

「希君、私ね、イングリッド・バーグマンみたいになりたいの」

このバカ、言うに事欠いて何がバーグマンだよ。

「バーグマンは自伝『イングリッド・バーグマン　マイ・ストーリー』の中で言ってるの。『私は自分のしたことを後悔したことは一度もありません。後悔しているのは、しなかったことについてです』って。これ、カッコ良くない?」

「格好良い。でも、それとこれとどういう……?」

「私ね、もったいつけたり駆け引きしたりして、愛情を出し惜しみしたくないの。彼を愛してるんだから、持ってる愛情のありったけを捧げたいの。それでダメになったら、ご縁がなかったと思って諦める。でも、別れてから『ああ、あの時あれもしてあげればよかった。これもしてあげればよかった』なんて、絶対に思いたくないの」

「……お前、ホント、バカだな」

でも、偉いよ、滝本。人間の序列は知能指数の順に決まるわけじゃないって、お前を見てると、心からそう思える。

そして、彼氏へのプレゼントを買って、ちょっとお茶でもしようかと街をぶらついていたその時だった。

向こうから歩いてくる二人連れと肩がぶつかった。

「あ、すみません……」

言葉尻は消え入りそうに小さくなった。男が二人、それも人相の良くない、いかにもその筋の関係者が、俺の前に立ちふさがっているではないか。

何か御用ですか……と聞くのも怖い。用はあるに決まっている。それも、とびきり悪い用が。

「中村希だな？」

「いいえ。人違いです」

男たちは両側から俺を挟み込んだ。

「遊んでる暇はねえんだ。ちょっと、顔貸せ」

そして恐怖に立ちすくんでいる滝本に、凄《すご》みを利かせた。

「ネエちゃん、何も見なかったことにして家へ帰りな。サツにたれ込んだりすると、可愛《かわい》い顔がひどいことになるぜ」

滝本は声を失って震えていた。俺は抵抗する暇もなく、路上に駐車していた車に押し込まれた。

「い、いったい、何なんですか？」

その筋の人とつき合いは絶対ない。同級生にもそっち方面に就職した奴はいない。それが、どうして？

「龍神会の会長からのお達しだ。中村希を捜し出して落とし前つけさせろってな。どういうわけかは、てめえの胸に訊《き》いてみろ」

そんなことを言われても、身に覚えは全然ない。ひょっとして、デリヘルの客の中に、その会長の奥さんでもいたのだろうか？　そんなことで怒られたって困る。こっちは仕事で、選ぶ権利ないんだから。

連れ込まれた先は、渋谷駅から首都高に沿って西に入った桜丘町のどこかだった。六階建てのビルの入り口に「陣内興業《じんない》」の看板がかかっている。エレベーターで三階に上がる時には、もう頭が真っ白で、半分失神していた。

男たちは俺を挟んで廊下の突き当たりにある部屋の前に連れていき、立ち止まった。

「中村希を連れて参りました」

少し間があって、内側からドアが開いた。

二十畳くらいの、家具がほとんどない部屋だった。一番奥に立派なデスクがあり、髪にいくらか白髪の交じった男が座っていた。男の両脇には、見ているだけで怖いくらいの男が直立不動の姿勢で立っている。

中央に座る男の顔を一目見た時、俺はもう、すべてを諦《あきら》めるしかないと悟った。年は四十代後半だろうか、切れ長の目に強い光をたたえた、ものすごい美男だった。イケメンなんて軽い言葉を使ったら、罰が当たる。昔、ルバング島で発見された小野田少尉の写真を見たことがある。俺の周りにいる弛《たる》み切った日本人とはまったく異質の、旧帝国軍人の気迫と気概がビリビリ伝わってくる異様なまでの迫力にショックを感じたものだが、その男の雰囲気は当時の小野田さんと通じるものがあった。だから、もうだめだ。

男の斜め後ろに立っていた六十くらいの男が近づいてきて俺の前に立ち、背広の内ポケットから写真を取り出して突きつけた。二十歳くらいのケバい女の顔が写っている。

「龍神会の神崎《かんざき》会長のお嬢さんだ。身に覚えがあるだろう？」

「……はい」

身に覚えはある。先週、渋谷でナンパして遊んだ女だ。名前は、美しい月と書いてルナと読むそうだ。俺は時々、女の子をナンパして精神的にリハビリしている。ルナもその中の一人だったが、超高ビーでむかついたので、ホテルの前で喧嘩《けんか》別れしてしまった。

「お嬢さんは、お前に騙《だま》されてレイプされたと、会長に訴えた」

「嘘ですよ！　冗談じゃない！」

「気の毒だが、お前の言い分は通らない」

男は……後で知ったが高木《たかぎ》という名前で、ここのナンバー・ツーだった……感情のない声で言った。

「こちらも、なるべく穏便に済まそうと思ってる。諦めるんだな」

「穏便って、何ですか？」

高木は左手を肩の高さに挙げ、小指を立てた。

「もしかして、指詰めるんですか？」

高木は頷いた。

「でも、僕、本当に何もしてないんですよ」

無駄とは思ったが、一応言うだけ言ってみた。高木は黙って首を振った。

俺はもう、立っていられなくて、その場にしゃがみ込んだ。どうしてこんなに運が悪いんだろう。まだ二十五歳なのに、もう人生終わったようなものだ。

「心配するな。痛くないように局部麻酔を打ってやる」

高木はポンと肩に手を置いた。

部屋の中に、いつか映画で見た指詰めキットが運ばれてきた。足つきのまな板と匕首《あいくち》、木槌、ゴムバンド、その他。

ドアの外から「失礼します」と声がかかり、若い男が入ってきて、高木に何か耳打ちした。高木はわずかに困惑した表情を浮かべ、デスクに座っている男に何やら報告した。男はちょっと眉をひそめたが、すぐに元の表情に戻り、ゆっくり頷いた。それを受けて高木が「通せ」と命じた。

廊下に足音が響き、ドアが開いて、何と、イングリが入ってきた。

それを見た時、子供の頃、俺が近所の悪ガキどもにいじめられていると駆けつけて、相手が何人だろうが必ずぶちのめして助けてくれた姉の姿が重なり、鼻の奥がツンとした。

イングリは真っ直ぐ中央に進んで、デスクの前に仁王立ちした。その目は座っている男、陣内組の組長しか見ていなかった。

「話は下で聞きました。この子をこのまま帰らせてもらえませんか？」

「だめだな」

陣内が初めて口を開いた。静かな、冷たい声だった。

「レイプなんて嘘だって、本当は分かってるんでしょう？」

陣内はデスクの上に肘《ひじ》を乗せ、顎《あご》の下で手を組んだ。

「理屈は通らない世界だ」

「この子は堅気なんですよ。エンコ詰めなんてされたら、田舎のご両親がどれほど悲しむか」

俺の両親は世田谷区に住んでいるが、この際どうでもいい。

「やくざは男を売る稼業なんでしょう？　この子もバイトで男売ってるから、親戚《しんせき》みたいなもんよ。似たもん同士、助けてあげたっていいじゃない」

陣内はほんの少し唇を歪《ゆが》めて苦笑を漏らした。こんな時だが、ニヒルで格好良いと思った。

「知っての通り、神崎会長が黒と言えば、白いものも黒くなる。気の毒だが、諦めてもらうしかない」

「あ、そう」

イングリはデスクの縁に手をつき、男の方へぐっと身を乗り出した。

「それじゃ、あたしが代わりに指詰めてやる」

陣内は冷たい目でじろりとイングリを睨んだ。

「女の指なんかもらったって、会長は喜ばない」

「じゃあ、指なんてケチなことは言わない。この腕一本、落としてやろうじゃないの」

やめてよ、何言ってるの……と言いたかったが、びっくりして声が出ない。

陣内は初めてまともに俺の方を見て、それからイングリに目を戻した。

「この小僧は、あんたのペットか？」

「見損なうんじゃないよ！」

イングリはものすごい目で陣内を睨みつけ、キッと背筋を伸ばした。

「この子は俳優の卵でね、これからの人生、芝居で食っていくんだよ。指が一本足らないんじゃ、仕事に差し支える。あたしは金貸しだから、腕が一本なくなったって困らない」

イングリはボタンを外して、上着を脱いだ。タンクトップの背中が見えた。想像した通りの、見事に筋肉質の背中だった。俺もジムで鍛えているが、俺の筋肉は衣装みたいなもので、客寄せの見せ物でしかない。イングリの筋肉は、実戦が作った筋肉だった。現役時代のサッカー日本代表FW釜本邦茂《かまもとくにしげ》の背面ヌードや長友佑都《ながともゆうと》の腹筋を思い出してもらえれば、違いが分かると思う。

誤解のないように言っておくけど、そそられたって意味じゃない。こういうのが趣味の人もいると思うけど、俺は絶対にパス。

イングリは左腕を肩と水平に伸ばした。

「この腕は、そんじょそこらの女の腕じゃない。年間十億からの金を動かしている渚金融社長の腕だ。これなら、神崎のクソじじいも満足するだろうさ。それに……」

イングリは皮肉に唇を歪めた。

「あなただって、弱いものいじめはしたくないでしょ？」

そして、にっこりと微笑《ほほえ》んだ。正真正銘、イングリッド・バーグマンの微笑だった。

「汚名」で「誰が為に鐘は鳴る」で「カサブランカ」だった。どんな男も心を動かされずにはいられない。たとえ、小野田少尉でも……。

「いいだろう」

陣内は一度ゆっくりと瞬きしてから、零下六十度くらいの声で言い、立ち上がった。向き合うとイングリより五センチくらい背が高かった。

「小僧の指の代わりにあんたの腕を斬《き》る。それでいいな？」

「いいわ」

イングリはデートの誘いをＯＫするような顔で答えた。

「海堂さん……」

俺はやっと、口が利けるようになった。

「やめてください。もう、いいです。俺、指詰めますから」

イングリは俺の方を見て、もう一度微笑んだ。今度はバーグマンが修道女に扮した「聖《セント》メリーの鐘」みたいだった。

「希、簡単に諦めるんじゃないよ。まだあたしの半分も生きてないのに、自分で自分に見切りつけて、どうすんの？」

思わず目を伏せると、タンクトップの胸がぼやけて見えた。イングリ、貧乳かと思ってたら、けっこう谷間あるんだね……と思ったが、泣きそうで何も言えなかった。

「高木、俺が引導を渡す。用意しろ」

陣内の命に、高木は一礼して部屋を出ていったが、明らかに困惑していた。五分ほどすると、一振りの日本刀を携えて戻ってきた。

陣内は上着を脱ぎ、Tシャツ姿になって刀を受け取った。細身だが、イングリと同じく、鍛え抜いた強靭《きょうじん》な身体だった。鞘《さや》を払って構える一連の動作が流れるように優雅で、熟練を感じさせた。

「それ、誰の刀？」

「清麿《きよまろ》」

「ふうん。一千万くらい？」

陣内はそれには答えず、イングリを見た。

「麻酔を打つか？」

「ノー・サンキュー」

イングリは採血用のゴムバンドの先を口にくわえて、右手一本で器用に左腕のつけ根に巻きつけた。

俺はもう、心臓がとてつもなく巨大化して脈打ち、内側から火がついたように頭が熱くて、爆発しそうだった。周りの組員たちを見ると、みんな黙って平静を装っていたが、目は落ち着きなく瞬《まばた》きを繰り返していて、内心「嘘だろ、聞いてないよ」と思っているのが、手に取るように伝わってきた。

イングリは瞬きもせず、じっと陣内の顔を見つめている。

陣内は息を整え、右足を一歩前に踏み出しながら刀を上段に構えた。そして、次の瞬間、刀が振り下ろされた。

俺は思わず目をつぶり、二呼吸くらいしてから、恐る恐る目を開けた。

陣内は剣尖《けんせん》を下げ、刀を握りかえて反転させ、血を払うと逆手のまま鞘に収めた。

イングリは……そのままの姿勢で立っていた。左の二の腕に、髪の毛くらいの傷がついていたが、それ以上の傷はついていなかった。完全に五体満足だった。

「約束通り、確かに腕一本、斬った。小僧を連れて帰れ」

それから陣内は俺の方を見た。

「家族でも彼女でもない女が、身体を張って助けてくれたんだ。感謝しろ」

はい……と言ったが、涙で声にならなかった。

イングリは腕に巻いたゴムバンドを外すと、陣内の前に差し出した。

「ありがとう。感謝してるわ」

陣内は小さくため息をつき、困ったような顔で受け取った。

「無茶するなよ」

イングリはあははと笑い、俺を見て「さあ、帰ろう」と言った。

陣内は最後にもう一度、俺をじろりと見て、イングリに尋ねた。

「こいつは俳優として天分があるのか？」

「さあね。あたしは占い師じゃないから、分からないわ」

「……ま、悪運は強いかもな。それも運には違いない。大事に使えよ、小僧」


事務所の前に停《と》めてあったポルシェに乗り込むと、イングリはティッシュの箱を押しつけた。俺は盛大に鼻をかみながら、どうしてここが分かったのか尋ねた。

「タキモッちゃんが知らせてくれたのよ。彼女、家紋に詳しいんだね。男のつけてた金バッジが丸に三鱗《みつうろこ》の紋所だって覚えててさ。それ、陣内組の紋章だから、すぐ分かった。縄張りも渋谷だし」

滝本、ありがとう！　これから一生、お前のことバカなんて言わないよ。

「本当にありがとうございました。これから一生、海堂さんには足を向けて眠りません」

「いいよ、そんなに恩に着なくても。あいつとは浅からぬ因縁があるから、絶対に助けてくれると思ってたし」

俺も何となく、二人は知らぬ仲ではないような気がしていた。

「もしかして、小学校の時の舎弟ですか？」

「違う。別れた亭主」

「えええっ！」

超びっくりした。でも、考えてみたらすごいお似合いだ。

「今年度のベスト・カップルですよ。どうして別れちゃったんですか、もったいない。ひょっとして、ちっちゃくて可愛い女の人に、寝取られたとか……？」

「女じゃない。男に取られた」

「ええぇっ！　あ、あの人、あっち系なんすか？」

「陣内組のこと。跡目を継ぐはずだったお兄さんが急死して、あいつにお鉢が回ってきてさ。女房を取るか組を取るかで、組を選んだってわけ」

「別れることないじゃないですか。やくざの姐《あね》さんなんて、超似合ってますよ。背中に不動明王の刺青《いれずみ》なんかしたら、鬼も近寄りませんって。それに……」

俺はちょっと真面目《まじめ》になってつけ足した。

「海堂さんだって、親の仕事継いで、金貸しになったんでしょ。そんなら、あの人が親の跡継ぐのも、同じことじゃないですか」

「希、やくざは稼業であって、職業じゃないんだよ。だから今日みたいな理不尽なことも、やらなくちゃならない。あたしは、職業別電話帳に載せられないような仕事は認めない。自分の亭主に、そんな仕事はして欲しくなかった」

信号が赤に変わり、イングリは運転席で長いため息をついた。

「ま、あの頃はあたしも若くて突っ張ってたから、無理して別れちゃったんだよね。今だったら妥協する。だって、あいつ、好《い》い男だもんねえ」

イングリはうっとりした顔で言った。それは俺も同感だった。

「そんなら、より戻したらどうです？」

「手遅れ。あんな好い男、女がほっとかない。とっくに再婚して、子供が二人」

イングリはあははと笑い、車をスタートさせた。

一切の先入観を捨ててしみじみ眺めれば、イングリはすごい美人だった。バカでかいのが玉に瑕《きず》だが、シャラポワよりは小さいし、そのシャラポワのモテモテぶりを考えると、イングリだってうまく立ち回れば、女として充分美味《おい》しい思いが出来たはずだ。しかし、陣内と別れた経緯を聞けば、その一本気な性格が災いして、苦い思いをすることが多かったのではないだろうか。

イングリの横顔が、心なしか寂しげに見えてきた。

それにしても、世の中は分からない。漁師町のホテルの女将《おかみ》、優しく上品な岡野百合は二人の人間を手に掛け、悪魔のような鷹野莉央は、ある意味純情一途な女だった。バカ丸出しの滝本は極めて立派な精神の持ち主だったし、鬼より怖いイングリは危険を顧みず俺を助けてくれた。人生は不可解で、人間は一筋縄ではいかない生き物だってことだ。

すると、突然、芝居を通してそういうことを表現するのが演劇なんだと腑《ふ》に落ちた。劇場もスターもメソッドも、枝葉末節に過ぎない。俺は今まで、何に惑わされていたんだろう。

イングリは新宿にあるオーナーの事務所まで送ってくれた。

「本当に、お世話になりました」

車を降りると、俺は心からの感謝を込めて、深く一礼した。

「あたしもあんたのお陰で、久しぶりにあいつに会えて、嬉しかった。ありがとうね。それから……」

イングリはまた説教くさいおばさんの顔になってつけ加えた。

「陣内の言ったこと、忘れないで。悪運も運のうち。大事にしなさい。名前の通り、希望を持ってね」

俺は何だか胸がいっぱいになった。

「海堂さん。俺、バイトは今日限りで辞めます」

「そう」

「翔太の劇団に誘われてるんです。そこで、もう一度きちんと芝居と向き合います」

「うん」

「旗揚げ公演の時はご招待しますから、名刺、いただけますか？」

イングリは渋い顔をした。

「笑うなよ」

手渡された名刺には「渚金融　社長　海堂桃子《ももこ》」とあった。

ぶはは、桃はねえだろう、桃は……と言いそうになるのを必死でこらえ、「良いお名前ですね」とにっこり微笑んだ。

「でも、海堂さんは桃ってイメージじゃないですよ。百合《ゆり》か椿《つばき》です」

「ふうん。リリー海堂か……。昔のストリッパーだね」

またあははと笑ったかと思うと、イングリはポルシェを飛ばし去っていった。

俺は何故《なぜ》だか無性に、姉の墓参りがしたくなった。

単行本あとがき

「イングリ（文庫化に際して「熱血人情高利貸　イングリ」に改題）」の第一章を書いたのは二〇一〇年のゴールデンウィークのことでした。

その前の二年間、私は更年期鬱《うつ》に陥り、人生初のスランプ、まったく小説が書けない状態にもがいておりました。

とにかく気分が落ち込む。小説の核になる発想が浮かばない。浮かんでも核のまま成長してくれない。それでも無理矢理書くと、キャラクターが筋書きに踊らされるばかりで全然立ってくれない……そんなことの繰り返しでした。

でも、色々なことがあって、二〇〇九年の晩秋頃から、少しずつ快方に向かいました。小説も、慣らし運転のような方法で、いくらか書けるようになりました。

そして遂に復活の時を迎えました。小説家の友人響由布子さんが貸してくれた永井するみ著「欲しい」を読み終えた直後、何の脈絡もなく「イングリッド・バーグマン似の怖いおばさんにイケメン・ホストがボコボコにされる話」が頭に浮かび、一気に三日で書き上げた六十四枚の短編が「イングリ」でした。

書きながら、調子の良かったときの感覚が蘇《よみがえ》ってくる感じ、キャラクターが作者の予想を裏切って活躍を始める展開に、喜びに震えたことをよく覚えています。

その後、小さな冊子に掲載された「イングリ」は、全七話の連作短編に成長して電子書籍となり、この度、書籍としてみな様の前に登場することが出来ました。

私はこれから先も沢山小説を書いていきます。その中には「イングリ」より売れる作品、「イングリ」より高く評価される作品、「イングリ」より面白い作品も生まれるでしょう。でも「イングリ」ほど喜びを感じながら書いた作品は、もう生まれないような気がします。本音を言えば、二度とスランプに陥らないように、もう一度書ける、また書いていける……あの悲しい喜びを二度と味わうことがないように祈っています。

「イングリ」は私の恩人です。

皆さま、私の大好きな「イングリ」を、どうぞ楽しんでください。

山口恵以子　拝

本書は、二〇一三年七月に一二三書房より刊行された単行本『イングリ』を改題いたしました。

Haruki Bunko
ハルキ文庫

や 11-1

熱《ねっ》血《けつ》人《にん》情《じょう》高《こう》利《り》貸《がし》 イングリ

著者 山《やま》口《ぐち》恵《え》以《い》子《こ》

2015年 8 月18日第一刷発行
2022年10月28日第二刷発行

発行者 角川春樹

発行所 株式会社角川春樹事務所
〒102-0074 東京都千代田区九段南2-1-30 イタリア文化会館

電話 03(3263)5247(編集)
03(3263)5881(営業)

印刷・製本 中央精版印刷株式会社

フォーマット・デザイン 芦澤泰偉
表紙イラストレーション 門坂 流

ISBN978-4-7584-3939-8 C0193 ©2015 Eiko Yamaguchi Printed in Japan
http://www.kadokawaharuki.co.jp/ [営業]
fanmail@kadokawaharuki.co.jp [編集]　ご意見・ご感想をお寄せください。